DATA
「喫茶リコリコ」の常連客
GOTO
後藤
YAMADERA
山寺
YONEOKA
米岡
ITO
伊藤
KITAMURA
北村
DATA
DA
FUKI
春川フキ
SAKURA
乙女サクラ
CAFE LYCORECO

アサウラ
Asaura
[ILL.]
いみぎむる
[原案・監修]
Spider Lily
Lycoris Recoil
Recovery
days
Novelize
リコリス・リコイル
Lycoris Recoil

■第〇話　『そして、幕が開く』

いつものように、だらだらと気だるい時間だった。

平日の午後、夕暮れの少し前。

勤め人は当然働いているし、主婦なら夕飯の準備にそろそろ入ろうかという時刻。

一般的なカフェなら帰宅途中の学生が訪れたりもするのだろうが、チェーン店と比べると、ここ、喫茶リコリコは少しばかり値が張るためか、どの時間帯であっても若い子があまり多くなかった。

だから、この店のこの時間は、いつも気だるい。

もはや気を遣うような間柄でもない常連客が三人いるというのが、余計にその気だるさを強調しているような気すらした。

「たきな、一息つくといい」

名を呼ばれ、井ノ上たきなはカウンターの奥を見る。店主のミカがコーヒーを淹れており、湯気立つそれをカウンター席の片隅に置いてくれる。

もし「コーヒーでも飲むか？」と問われれば、「まだ営業中なので」とたきなは断り、来るかもしれない客のために、お盆を手にしたまま店の真ん中で立ち続けたことだろう。

最近のミカはそういうことも読んでか、一足先に行動する。

淹れたての湯気上がるコーヒーを口も付けずに放置するのは心が痛むし、洒落たカップに注がれたそれを、立ったまま雑に飲んでしまうのも違うと思う。

結果、たきなは席に着いてコーヒーを飲まざるを得ないのだ。

それは半ば強制的に、かつ、ごくごく自然に始まる休憩時間だった。

あらかじめ決められた休憩ではないそれには、本来なら若干の罪悪感を覚えてしまうけれど、仕方ないとする状況があるために、たきなの心も楽ではある。

カップを両手で包むようにして持つと、それはじわりと温かく、触れているだけで心を落ち着かせた。

縁に唇を寄せ、一口すすれば熱いコーヒーが舌を躍り、鼻へと香りを抜けさせ、喉へと滑り降りていく。

ほんのりとした酸味から始まり、苦み、しかしそれ以上の香り高さ、そして最後にふわりとした甘みが口内に広がる。

カップを離れた口から、ほっ、という一息が漏れた。

コーヒーとは飲む前からその味わいが始まっており、飲んだ後の吐息までをも含めるものだ――そんな記述を、この店に来たばかりの頃に雑誌か何かで見た気がする。

あの頃は何を言っているのかまったくわからなかったけれど、今ならその言葉の意味がわかる。

豆を煎った胸がすく香りが満ちるのは、古民家を思わせる、歴史の刻まれた木材で建てられた店舗。

ステンドグラス調にあしらわれた窓を抜け、柔らかく温かい色合いとして店内を照らす午後の日差し。

高級品というわけではないものの、しっかりとこだわりをもって選び抜かれたカップとソーサが立てる、かすかな音すら心地よい。

そこで飲むコーヒーもまた、重すぎず、軽すぎず、そして何より酸っぱすぎない。適度に苦く、けれど、ほのかな甘みを感じさせる。そして、熱すぎず、ぬるくもない絶妙な温度……それは、おいしいという言葉を自然と心の中に浮かび上がらせる。

口から漏れるしっとりと温められた吐息は、体内にあったストレスの残滓だろうか。

飲む前からすでに〝おいしい〟が始まっている。

そして喉を抜けた後でさえも、コーヒーの魔法は解けない。

ほんのりと、あたたかで、それとない幸せ。

染み入るように続いていくそれに、たきなは思わず瞼を閉じる。

〝仕事中〟から、たった数秒で〝休息〟に切り替えられてしまう……いいコーヒーにはそんな力があるのだろう。

カウンターの中でキッチン作業を続けるミカの気配と音。瞼を開くまでもなく、それを感じるだけで、彼が如何に無駄なく動いているかがわかる。

洗練された動きというのは、気持ちがいいものだ。

　このまま時を忘れ、夢の中にさえ入り込んでしまえそうな、そんな……。

「だからもうビックリしちゃってさぁー!!」

　……そんな、たきなの良い気分を、半笑いの大声がぶっ壊してくる。

――千束ちゃんも？

――当然！　だって、ねぇ!?　三時間を超える映画だしぃ、そりゃ普通に見る映画以上に準備しますよ？　でも、途中でデッカく『インタぁーバル!!』って出されたら、え、マジで？　この映画途中休憩あんの？　じゃ折角だしトイレ行っちゃおぅってなりますって！

――だよなぁ、わかるわかる。

――あれは酷いよな、二秒しかねぇんだもん。

――そうそう！　それなのにこっちは座席から腰浮かせてるし、トイレのスイッチも入ってるわけで、あーもう！　あーもうッ!!　って感じで……行くしかなかった……！　錦木千束、映画好き人生を歩んで早十数年……映画館での途中トイレという屈辱を久々に思い出しちゃってもうさぁ！

　たきなが瞼を開き、見やれば……小上がりになっている座敷席で常連客三人と大声で語らう、錦木千束の姿があった。

――あ、でもあの映画、外国っていうか本国とかの映画館だときちんとインターバルの時間取ってるらしいですよ。

――えー！　ナニソレズルィー！

――これが日本の映画館のやり方かぁって誰か言ってもいいよな。

――でもほら、映画館って回転率が大事みたいですから……。

常連客の、普段何をしてるかわからない初老の後藤、作家の米岡、女子大生の北村の三人に交じって、だらけている錦木千束の姿は、もはや店員というより客側……何なら客の三人の方が千束の相手をしているようにすら見える。

いい加減注意の一つでもするべきか。

自分のゆったりとしたコーヒータイムを邪魔された恨みを抱きつつ見つめていると、その視線に気づいた千束が急に顔を向けてくる。

「たきなもこっちおいでよー。話に交ざりたいんでしょー？」

「別に。だいたいわたし、映画館とか行きませんし」

たきなの言葉を聞いた瞬間、千束の刻が止まった。

目を見開き、半開きの口のまま、微動だにしなくなったのだ。鳩が豆鉄砲を喰ったような、という言葉をたきなが思い出しかけたと同時に、千束が動く。

顔をたきなに向けたまま、尋常ならざる速度で座敷を――そして床を両手足で這うようにし

て接近して来ると、カウンター席に座るたきなの体を這い上るように、足首、膝、腰、そして肩を鷲摑みにして、顔をこれでもかと近づけてくる。

それは言ってみればゾンビ映画よろしくであり、その不気味さにたきなの背筋はビクッと反応した。手元に銃があれば反射的に構えていただろう。

「なんで⁉」

千束は〝そんなバカな、そんなはずはない〟と言うような顔でたきなを見つめつつ、その肩を激しく揺らしてくる。まるで缶の中に残った最後のドロップを取り出す時のようだ。

カウンターの奥のキッチンから「……千束」と呆れたような、たしなめるようなミカの声が聞こえたが、彼女の耳には届いていない。

このままでは脳がバターにでもなりかねないので、たきなは千束の手首をつかんで、揺らすのを止めさせる。

「……逆に訊きますが、何故今の流れで、なんで？　と訊いてくるんです？」

「そりゃ、だって……だってぇ……たきな、ここ、どこかわかってる？」

「喫茶リコリコです」

「正解！　でも地名的なやつの方で！」

「東京です」

「違う！　いや正解だけど！　そうじゃなくて、もうちょい狭い範囲で」

「墨田区、錦糸町駅の北側へ少し行ったところ……とかですか？」

「だいたいＯＫ！　じゃ、なんでたきなは今ここにいるわけ？」

「楠木司令に〝行け〟と言われたからです」

「うーん……そう来るか」

何やら千束が望んだ答えではなかったらしい、というのだけは、たきなにもわかった。

「結局なにが言いたいんです？」

「や、つまりね、たきなさん。あなたは今、とても恵まれた環境にいるわけです。素敵なカフェで、かわいい制服を着て、優しくて一緒にいると楽しい楽しい美少女の先輩がいて――」

「あら、呼んだ？」

店の奥から、今日は遅番の中原ミズキが〝待ってました〟とばかりに現れる。

「美少女‼」

なによぅ、女はいつまでも少女なのよぅ、と、ミズキが不満げに唇を尖らせ……本当に引っ込んでいく。呼んではいないが、たきなとしてはきちんと働いてほしいので、さっさと店に出て来てほしかった。

「で、えーっと何だっけ……あ、私だ。そう！　美少女の先輩がいて、おいしいご飯も食べられて、いい感じに仕事もできて――」

「わたしとしてはもっとバリバリにやりたいんですけどね」

「わかった、そこは検討するから！　何なら今日の掃除当番とか任せるから！」

「そうじゃなくて」

「わかってる！　わかってるけど、今はいい！　ともかく、今言ったのに加えて、ほら、ここ、わかる？　最高の立地の一つで生活してるわけ！」

「おいしい食事処が多い、とかですか？」

「なんでそうなる⁉」

千束が天を仰いだ。

騒がしいな、と、新たに店の奥からクルミがやって来る。

こんな時間ながらクルミは寝起きなのか、あくびを一つ。小脇にノートPCを抱えつつ、たきなとは反対のカウンターの、端の席に座った。

「話の流れ的に、映画館に近い立地だ、って言わせたいんだろ、千束は」

「そう！　そうです！　よくわかった、クルミ！　えらい！」

「ボクの寝床までずっと声が響いてたからな」

まるで用意していたかのように、ミカがクルミにホットココアを出し、彼女はそれを当たり前のように受け取り、早速一口。ふぅ、と温かな吐息が小さな口から漏れていく。

「今頃起床か？　もう少ししたら日が沈もうという時刻だぞ」

「太陽如きにボクの生活リズムを縛られたくないね」

そんな二人のやりとりをたきなが眺めていると、自分を無視するな、というように千束が己の顔を差し込んできて、たきなの視界は彼女の大きな瞳で覆われてしまう。

「たきなはさ、何のためにここで生活してるの？」

「だから……」

「映画館が近くにあるからでしょ!?」

「違いますよ」

「電車とかに乗らず、気軽に歩いて行ける距離に映画館があるなんて……人生におけるスーパー・アドバンテージ！　クオリティ・オブ・ライフ爆上がり！　なのに……なんで!?」

「なんでって言われましても……」

「あれじゃないですか、映画はあんまり見ないとか？」

北村がおずおずと声をかけてきたので、たきなは邪魔な千束の頭を脇へずらし、彼女を見ながら応じる。

「いえ、千束からBDとかよく押しつけられますので、いろいろ見たりはしてます」

千束も北村へ体を向けると、力強くビッと手を上げる。

「見せてます！」

「じゃ、映画館に行かないのは別の理由かな？」

作家の米岡だ。千束もその質問の答えが気になるのか、たきなに向き直る。

「そうですね……まず、値段が高いです」

千束が「バッ……！」と何かを叫び出しそうだったが、グッと飲み込み、自制したようだ。たきなは続ける。

「あと、映画って一二〇分前後じゃないですか。それはいいんですけど、早めに入って座席に着く必要がありますし、始まったと思っても最初に流れるのは宣伝広告ですよね。それらに加えて映画館内を移動したりする時間を考慮すると、軽く見積もってもプラス四〇分。となるとタイミングによっては半日近くが潰れてしまうと思うんです」

「……何故に君は、〝二千円足らずで半日も楽しめる、やったぜ！〟という発想にならんのかね……」

「どうせすぐ配信されますし、なければディスクを宅配レンタルなどしたりするのが、映画を見る上で一番効率が――」

「わかってない！　たきなは何もわかってない‼　えぇい、コンチクショウ、千束さんが教育してやる‼　行くぞ、今すぐ劇場に行くんだ‼」

「おいおい千束ちゃん、お店はどうすんだい？」

千束のはちゃめちゃが面白いのか、後藤が笑いながら尋ねた。

「セルフだセルフ！　好きなだけ飲んでろ！」

ダメだろ、とノートPCをカチカチやるクルミが呟いたが、千束の耳には入っていかないようだ。

たきなは千束に腕を引っ張られるがままに店の外に出され……引っ張られるがまま、またすぐに店に戻された。

さすがの千束とはいえ、無茶だとわかったのだろう。店の和装制服だし、財布も持ってないので当然である。

何より劇場到着時に都合のいい時間で映画が始まるわけもない。

クルミが鼻で笑う。

「お早い帰りだな。面白かったか」

「うるせー！　クルミ！　座席予約して！　何か都合のいいヤツ！」

「そう来ると思って調べていたとこだ。……今からだと移動時間を加味して……『スペース忠臣蔵』と『ハレンチジャパン　ザ・ムービー』の二つか。……何だ、このタイトル……」

「うーん、どっちも私、見ちゃってるな……」

「見たのか、こんなイカれてそうなのを。何があったらコレを見ようと思うんだ？」

千束はたきなを離れ、クルミのノートPCをのぞき込む。

「あ、そうだ、確か『黄金の四十九日』って、今やってなかったっけ？」

「少し時間を置いていいなら……うん、あるな。夜だ。二一時スタート」

二一時からなら店の営業終わりで行けるだろう。それなら行ってもいいか、とたきなも思う。

「じゃそれ！　予約ぅ！　席二つ！」

——カランカラン、と、店の扉に取り付けられているカウベルが鳴った。来客である。

たきなは席を立ち、「いらっしゃいませ」の声と笑顔で迎える。

「……あーダメだ、千束。レイトショーだ。二三時以降に終わるやつだと未成年はアウトだと書いてある」

「私服で行きゃいいんでしょうよ。バレやしないって」

んッ！　んふぅ！　と、今し方来店した男の客がわざとらしい咳払いをする。

それでようやく千束は来客に気づいたのか、そちらを見やり……そして、〝ゲゲッ〟という顔をした。

「いやぁ、さすがにそれはちょっと見過ごせないねぇ」

今し方来店して来たのは、四十代後半の男——刑事の阿部だ。彼は苦笑いで頭をボリボリと掻いていた。

「阿部さん!?　なんでいんの!?」

「コーヒー飲もうと思って……来ちゃダメだったかい？」

「いや、ダメっていうか……こう、なんていうか……タイミングというものが……あぁ、もう……」

「ははは。映画でしょ？　まぁ無理に今夜のレイトショーじゃなくても、明日とかさ」

「映画ってのは見たいと思った時にすぐに行くべきなんですぅ～。人生なんていつ何が起こるかわからないんだから、見られる時に見るべきなんですぅ～」

不満満点でブーブー言う千束をあしらいつつ、阿部はカウンター席に着くと、アイスコーヒーを注文。ミカが準備に入る。

「ほら、そういうところも映画館の不便なところじゃないですか。自分の都合に合わせられないんですから」

「違うの、たきな。いい？　そりゃ配信されてる映画をタブレットで見たりするのって、楽だよ？　時間の隙間を埋められてグッド、ってなるかもだけど、違うの。それはそれでいいんだけど……なんて言うのかな」

「千束も空いた時間にスマホで映画とか見てたりしますもんね」

「うん。……あー……でさ、映画の内容とは別にして、何でもかんでも自分に都合のいいものって感動がどうしても薄くなるっていうか、ありがたみがないっていうか……」

アレだな、と米岡がしたり顔をする。

「都合のいい女ってのは遊び相手にはなっても、本気の相手にはならないって感じかな」

「言い得て妙だけど、米岡さん、ゲスいから減点。人として」

「マジか⁉」

北村と後藤が笑い声を上げた。

「まぁ何にしても今日は無理ですね。千束、諦めてください」

「チッ……じゃ明日かぁ。クルミ？」

「わかってる。……お、良かったな。この映画、錦糸町じゃ明日がラスト上映だ。一七時半の一回っきり」

「あっぶな！　席、押さえちゃって！」

「あいよー」

「たきなとだから二つ！　真ん中の、ちょっとだけ前側の席ね、そこが一番好き。あ、あと私の会員カードがあるから、それで。えっとね、番号は――」

「……面倒臭いな、千束、ＰＣ貸すから自分で予約しろ」

言われるがままに、千束がぽちぽちとノートＰＣのキーをタイプし始める。

たきなはそれを見やりつつ、小さなため息を一つ。どうやら明日の自分のスケジュールは強制的に決められてしまったようだ。理不尽だと思わなくもない。

何より明日も店――仕事があるだろうに。たきなはちらりとミカを見やった。アイスコーヒーを阿部に出すミカが、仕方ないな、というように苦笑いを浮かべている。

ミカはいつも千束に甘い。

いや、彼だけじゃない。千束の自由奔放な生き方を微笑んで見守ってしまう常連客も……みんな、千束に甘い。

たきなはやれやれと疲労感を覚えつつ、再びカウンター席に着いて、少し冷めてしまった自分のコーヒーに口を付ける。

この店で苦いのは、コーヒーだけだ。

●

あの〝映画館が近くにある生活は素晴らしい〟のプレゼン大会から、綺麗に丸一日が経とうとしている一五時半。映画まであと二時間。

今日は常連客もおらず、座敷席でクルミが寝転がりながらノートPCをいじり、ミカはチャンスとばかりにキッチンを磨き、ミズキはいつものようにカウンター席で婚活雑誌をめくり……そして、たきなは千束の猛攻に耐え忍んでいた。

やれ……映画には二種類存在する、予告編を見た方がいい映画と見ない方がいい映画だ、客さえ呼べればいいとネタバレ全開の予告編を出してくる日本の配給会社もある、これはいただけない。酷いのになるとラストシーンが普通に入っていたりする……云々。

はたまた……映画を出演者で選ぶってのも案外バカにはできない、特に外国の有名俳優は脚本のデキや監督の腕を見て出演を決める人も少なくないから、その人をクオリティの指標にできる……云々。

たきなは黙々とテーブルを磨いて回っているのだが、それにピッタリと千束がくっついてきて、延々と喋り続けている。

朝からずっとコレなので、さすがにたきなも辟易していた。もはや背後霊の類である。

「それでね、映画の吹き替え派と字幕派っていうのは、ちょっとした宗教戦争みたいなもので、古より血で血を洗うそれはもう激しい戦いが――」

「もう十分わかりましたから、千束も少しは仕事をしてください」

「仕事つったってお客さんいないんじゃどうしようもないじゃん～」

それはそうなのだが、たきなのように掃除なり、コーヒーの淹れ方の勉強なり……何かあるだろうに。

「そういえばこの後の映画、ミズキさんは？　何でしたら一緒に……」

うざったいので、たきなは半ば強引にミズキに話を振ってみたが……彼女は婚活雑誌から目を離しもしない。

「はぁ？　映画？　映画館で？　んなもんは男と行くもんよ」

偏見だ！　と、千束が非難の声を上げ、ミズキに向かっていったので、たきなは少しホッとした。

たきなは座敷で寝転がっているクルミを見やる。クルミは？　と、視線だけで尋ねた。

「ボクにアウトドア趣味はない」

映画館に行くことをアウトドアと表現する人間は、恐らく世界でもそういないだろうが……

彼女が言わんとしていることは何となくわかった。

店の備え付けの電話が鳴る。ミカが手を拭きつつ、キッチンから出てきた。

「あ、では店長はこの後、映画……」

「店があるからな」

ありがとう、と優しく微笑んで誘ってくれたことに礼を述べ、ミカは受話器を取った。

その数秒後、その彼の表情が曇る。

「……わかった。少し待ってくれ。……千束、仕事だ。出かける準備をしなさい」

「ん？　組長さんトコ？　粉持ってく？」

「残念。……DAからだ」

ミカが受話器を差し出すなり、千束の顔が渋くなる。

「タダイマチサトサンハ、オルスニシテオリマス。ハッシンオンノアトニ……」

「まぁ話ぐらい聞け」

「えーだって、もう、時間が……えー」

千束は受話器を受け取ると耳に当てる。たきなもそれに耳を寄せた。

『千束か？』

楠木司令の声だった。

「あの～、申し訳ないんですが、これから映画見に行くんで……」

『仕事を依頼する。なに、大した内容じゃない』

「あの、楠木さん……？　聞いてます？　私、これから……」

『データは今し方送った。確認しろ。ターゲットは――』

千束のうだうだした言葉を一切聞かないあたり、さすがは楠木司令だと、たきなは思う。千束に甘い人間ばかり見ていると、こういうスタンスは時として心地よさすら感じる。

そんな彼女からの依頼は、少しばかり珍しい内容だった。

サード・リコリスが対象に至近距離から二発放つも、致命傷に至らなかったらしい。殺し損ねたその対象は、アジア某国の産業スパイだ。国益に繋がる情報の資料及び、護身用程度のものとはいえ、銃器を所持したまま逃走中なのだという。

『潔く自決してくれればいいが、敵の良心に期待するほど我々は怠慢ではない。こちらから手を打ちたい』

「そのしくじった子に追わせればいいじゃないですか」

『相手は軍の特殊部隊の出だ。手負いとはいえ、事を構えるのを覚悟した相手にサードでは荷が勝ちすぎる』

リコリスは誰からも警戒されない、その少女の姿を最大限に利用した暗殺を主としており、正面からの戦闘は本来の領分を逸脱していると言ってよかった。

無論〝万が一〟や〝やむを得ない状況〟を想定しての様々な戦闘訓練も行われているが、それでもそれを主としてきた元軍属の男を相手に真っ正面から事を構えるには、練度も装備も、基礎身体能力の面からしてもリコリスにとっては不利だと言える。

特にそれがサードとなれば相当に荷が重いだろう。

『どうせお前は〝クリーナー〟を使って逃がすつもりだろうが、それでもこの際やむを得ん。奴(やつ)が持っている資料と銃器の回収を条件に、クリーナーの料金も経費に含めてこちらに請求してくれて構わない』

「あら、珍しぃ」

『こちらとしては、追い詰められた凶悪犯が銃を持ったまま街を徘徊(はいかい)している、という状況が面白くない』

DAは殺しを主とするが、それは手段でしかなく、最終的に目指しているのはこの国の平和であり、かつ、誰もが平和だと思える国である。

つまり重犯罪が発生すること、発生したという情報が世間に知られてしまうこと自体が好ましくなかった。

だからこそ、楠木(くすのき)は譲歩したのだ。ヘタに大きな事件を起こされるぐらいなら、と。

「あー……まぁ、わかりましたけど、でもですね？　私達、これから映画に――」

『逃がしたのは八分前、場所は墨田区横川だ』

そのワードを聞いた瞬間に千束の目が見開かれる。

喫茶リコリコと目と鼻の先である。つまりこの店の近くを、何をしでかしてもおかしくない奴が徘徊している。

常連客がここを目指して歩いているかもしれない、その道を。

学校終わりの子どもたちが、友だちと歩んでいるかもしれないその道を。

誰もが当たり前の日常を送り続けている……そんな道を。

『千束』

その千束の声で全員が動き出す。

「あーもう！　わかりました！　やりゃあいいんでしょやりゃあ！」

ミズキは店の扉にかかっている〝OPEN〟のタグをひっくり返して〝CLOSE〟に。

クルミは起き上がるとちゃぶ台の上にノートPCをセットし、高速でタイプ。楠木からのデータを確認すると、今度は町中の監視カメラ等の映像を自前のAIに調べさせ始める。

ミカはスマホでどこぞへ……恐らく、喫茶リコリコの裏にして本当の姿を知っているであろう、近隣住民と情報を共有しているのだろう。警告と情報収集のために、だ。

そして、電話を切った千束はたきなと共に更衣室に飛び込むと、喫茶リコリコの和装制服から学生服のようなリコリスの制服へと素早く着替える。最後に銃、予備弾倉、その他諸々が収たきなはツインテールにしていた髪留めを外して長い黒髪を自由にすると、愛銃を一度抜き、スライドを引き、薬室に初弾を送り込む。そして最後の仕上げ確認にスライドをわずかに引いて、エジェクション・ポートからきちんと初弾が装塡されているのを確認した上で、バッグに戻した。千束（ちさと）も同様だ。

「一時間以内にケリつけるよ、たきな」

「はい。帰宅ラッシュの時間になったら面倒ですからね。人混みに紛れられたら発見しても捕縛が困難に――」

「ちゃうわ！　え・い・が!!」

「……あ、はい」

更衣室から出ると、店内がやや暗くなっており、クルミがまとめた情報を店の壁に小型映写機で投影していた。

地図（マップ）があり、そこには現場となった場所、逃走方向が記され、その脇にターゲットの顔・服装の画像データ……などなどが次々に表示されていく。

作戦――つまりサードによる暗殺をするにあたり、すでにDAがドローンを飛ばしていたため、継続して追跡していたようだが、二分前に建物内に入られて以降、対象をロストしていた。

軍の特殊部隊出身ともなればドローン、または衛星を警戒する訓練は受けているのだろう。

経過時間からすると、すでにその建物から脱出している可能性が高い。

たきなは苦々しく言う。

「……厄介ですね。一時間で終わればいいですが」

「終わらせんの、絶対！　だって今日が上映最終日なんだよ！」

クルミが、「あぁ、あったあった」とＰＣをいじりながら、ぼそりと呟く。

「千束、安心していいぞ」

「ん？」

「今、ダークウェブにある映画専門コミューンで違法アップロードされてる『黄金の四十九日』のデータを見つけたから、これからダウンロードし――」

「ぶっ潰せ!!　そんなサイトもアップした奴も全力で逮捕しろ!!　違法だとわかっててダウンロードするのも犯罪!!　ダメッ！　絶対!!」

「……わ、わかった」

「ったくもーイライラするわー！　……で、クルミ？　ターゲットの情報は以上？　じゃ、行くよ、たきな！　時間がないから手分けして当たろ！」

言うなり、千束は店を飛び出していく。

普段の仕事もこれぐらいの気合いでやって欲しいものだと、たきなは思いつつ、彼女の背を追った。

●

依頼は無事に終了した。

軽い銃撃戦こそあったものの、リコリコとしては通常営業業務レベルの難易度であり、何なら楽な仕事だったといってよかったかもしれない。

時間制限がなければ、だ。

本来ならこの手の仕事であればクルミ、ミズキ、ミカのバックアップを受けつつ、ターゲットを探索、発見後確保可能な場所へ誘導、または自ら移動するまで待機の後に、たきなと千束の二人での実力行使……となるが、今回は鬼ごっこか隠れん坊でもしているのかという、無茶苦茶な探索をした。

そして発見次第強引に叩きのめし、クリーナーが到着するまでの間に資料と銃器を確保——という名の追い剝ぎを行い、剝ぎ取った全てを丸ごと袋に詰めて、DA本部にいる楠木宛てにコンビニから宅配便にて発送。

一糸まとわぬ姿となったターゲット本人は、治療の後、ダクトテープでぐるぐる巻きにして拘束すると共に街の景観を守り、到着したてのクリーナーに引き渡した。

何とも慌ただしく、無茶苦茶というよりもはや、無謀な仕事のやり方である。

しかしそれだけやっても、すでに時刻は一七時を回っていた。

「よし、急げば余裕！」

若干の矛盾を孕んだ言葉を叫びつつ、千束が走る。たきなもその横を走った。

上映は一七時半、入場開始は恐らく一〇分前……横川からなら歩いても確かに間に合う。しかし何かしらのトラブル等に備えて、多少の時間的余裕はあるに越したことはない。

となれば、やはり走るのが最善の選択だった。

たきな達が向かったのは、喫茶リコリコからすぐの場所にあるショッピングモール『オリナス』だ。ここの四階に映画館はあった。

さすがに建物内でダッシュはできないため、たきな達はそそくさと早足で突き進む。

オリナスの四階ならばエスカレーターよりはエレベーターの方が早い。それを経験で知っているため、千束は真っ直ぐにエレベーターに向かう。

二つあるエレベーターは、現在二階と三階に停止中。しかも両方とも上階に向かっているようだ。こうなるとエスカレーターも視野に入ってくる。

千束はその細い顎に指先を当て、隣に立つたきなを鋭い視線で見た。

「たきな、ここは時間の有効活用だ」

「トイレですね」

「イエス！」

映画途中のトイレほど映画好きに涙を飲ませる悲劇はない。千束はそう言うなり、エレベーター脇にあるトイレへと続く通路へ早足で向かった。

そして、幾ばくかの後、丁度よく到着したエレベーターで一路、二人は四階へ。

エレベーターから降りれば、一分とかからずに映画館のエントランスだ。千束は予約しているチケットを確保するために、早速発券機へと向かう。たきなも何とはなしにそれに従った。

「今日はねぇ～、たきなに映画館の素晴らしさを教えるためにも、ポップコーンとドリンクを奢ってあげるからね」

「こういうところのって、少し高くないですか？」

「わかってないなー、たきな。映画館のポップコーンっていうのは醍醐味なの。伝統があるんだよ。言ってみれば銭湯で飲む瓶の牛乳！　冬の屋外で食べるカップヌードル！　テーマパークで食べるチュロスみたいなもんなの！」

千束はそれらをいちいち食べるふり、すなわち手振り身振りを加えてドヤ顔で言った。

「どれも経験したことはありませんけど、千束が言わんとしていることはわかりました。特殊なシチュエーション下における体験の付加価値って感じですか」

「そんな感じかな。でも、そっかー、たきな経験なかったかー。じゃ、今度一緒にやってみようよ。まずは銭湯あたりかな。……で、ポップコーンなんだけど」

「あ、続くんですね」

映画館で食べるのに、向いているか向いていないかと問われれば、どちらかといえばあまり向いていないポップコーン。ポテトチップス等よりは多少マシでも、食べる際にポリパリと音は出るし、容器の中でゴソゴソと音も鳴りやすく、匂いもある。

しかしながら映画、そして映画館という文化の歴史上、これらは切っても切り離せない関係なのだと千束は語る。……発券作業の手を止めて。

彼女は長々と喋っていたが、要は、世界恐慌まっただ中にあってポップコーンは安価でおいしく、大衆に愛され、路上などでも売られていたことから、映画館に持ち込まれるようになったということだ。

さらには、昔の観客は、不満があると食べている物などをスクリーンに向けてぶん投げることが多々あったらしく、そうした中でポップコーンはどれだけ力を込めて投げてもスクリーンまで届かない、届いたとてスクリーンのダメージにならない……として映画館側に喜ばれたのだという。

しかし、それがいつしか〝映画にはポップコーン〟という組み合わせが常識として人々にすり込まれ、ポップコーンのない映画館は無論の事、味の悪いポップコーンしかない映画館は客入りが悪くなったりするなど、もはや切っても切り離せない関係となった……らしい。

「だいたいわかりましたから、さっさと発券してください」

「えー、まだ途中だよぉ～……。映画館にとって飲食物の収益がどれだけ大事かー、とか。あとは……」

「現代でもポップコーンはとても大事なんですね、はい、わかりました。ではさっさと発券してください」

「なんか冷たーい」

「これ以上どうしろと。早くしましょう」

「へいへーい。じゃ番号を……あれ？　えーっと……アレ？　…………………あっ」

たきなが千束の相棒となってそこまで長いわけではない。

ただ、それでも今の千束の〝あっ〟が割とヤバい時の〝あっ〟だというのはすぐにわかった。

「どうしました、千束？」

千束が発券機に向かったまま、固まっていた。

「……たきな、今何時だっけ？」

「今、一七時二〇分です。そろそろ開場じゃないですか。ポップコーン買うなら急いだ方が……千束？」

「……やっちゃった」

「日を間違え……いえ、今日が最終日でしたよね？　だとしたら……」

「映画館……ここじゃない」

「えっ」

「もう一個の方！　南口側の!!」

錦糸町には実は二つの映画館がある。

どちらも同じシネマコンプレックスで、同じ予約サイトを利用できてしまうが故に……今回のような悲劇が度々生まれてしまう。

そう、『黄金の四十九日』は、もう一つの施設の方での上映なのだ。

ただ、普通の街の映画館ならそれでもいい。建物を間違えたとわかればすぐに移動すればいいだけだ。大抵は隣接していて連絡通路があったり、そうでなくとも道路を挟んだお向かいといった感じだろう。

だが、錦糸町の映画館はそんな甘ったれた造りではない。

映画館を収めるショッピングモールのオリナスは錦糸町駅の北側、もう一つの映画館は楽天地という別のショッピングモールに入っているのだが、それは錦糸町駅の南側にあるのだ。

これら二つの間には大きな錦糸公園が存在しており……わかりやすく言えば、たきな達がいる建物から約七〇〇メートルも離れていた。

たきなもようやく危機的状況が理解できた。距離もあるが、駅前は人通りが多いため、移動するには時間がかかる上、錦糸町駅の南と北を繋ぐ歩道は線路の下をくぐる関係で、いささか細かった。

「これはもう上映前に到着は無理ですね。途中入場ってどのくらいまで許され——」

たきなが割り切りかけた瞬間、その手を千束が握りしめた。

「行くぞ、相棒！」

「え……ぇぇ⁉」

千束に引っ張られるようにして、映画館を出、今し方乗ってきたエレベーターのボタンを連打。すぐに来た。

「千束、さすがにもう……」

「諦めるな！」

「どうせ始まる前に宣伝ありますし」

「あれを見るのも映画館の楽しみなの！」

「……あとでユーチューブとかで見たらいいじゃないですか」

「映画館で見るのがオツなんでしょうが！　大音量！　大迫力！　最ッ高ッ！　ヒューッ！」

ただの予告編に大音量と大迫力を求めるのもどうかと、たきなは思う。

「……そうですか」

「そうなんです。はい、一階、行くぞ、最短ルート！　公園を突っ切る！」

手を繋いだまま……というより摑まれたまま、たきなは千束に引っ張られるようにして、異様な早歩きでオリナスを出る。

そして錦糸公園に入るなり、手は離され、千束が全力ダッシュ。それこそ短距離走を思わせる速度だ。

錦糸公園には墨田体育館が隣接しており、テニスコートや野球場といった施設があることから、公園内で運動している者も少なくない……が、さすがに学生服然としたリコリスの制服で、スカートはためかせながら、陸上選手もかくやの速度で走る若い女など、他にはなかなかいない。

目立ちながらも千束(ちさと)達は公園を猛烈な速度で、途中で散歩中の大型犬に手を振ったりしつつ駆け抜け、駅前の道路も走破し、もう一つの映画館が収まるショッピングモールへと突入する。

丁度一階に来ていたエレベーターに飛び乗り、六階を目指す。

さすがにたきなも少しばかり息が乱れた。千束(ちさと)の足がかなり速く、引き離されまいとすると全力疾走でも幾らか足りなかった。しかも、千束(ちさと)はまったく息切れもしていない。

仕事とまったく関係のないこんな時に、たきなは千束(ちさと)の実力の片鱗(へんりん)を見せられた気がした。

「あと二分……」

千束(ちさと)の眉間に皺(しわ)が寄る。

「まだ間に合う……！」

「そんな鬼気迫る感じで言わなくてもいいと思いますけど」

「まったく、まだたきなはそんな甘ったれたことを……。いい？　映画館で見る映画っていうのは――」

「着きますよ、千束」

「話はあとだ！」

千束はエレベーターの扉が開くなり即座に飛び出し、すぐさま発券、そして劇場内へ……入らず、カウンターへと並んだ。

「あの、千束……？」

「ポップコーンとドリンク！」

買うと決めた以上、絶対に諦める気はないのだろう。

彼女は店員に素早く『ペアセット』なるものを注文。ドリンクが二つに、二種の味が入った大きなポップコーンのセットが出てくる。

「とりあえずコーラとウーロン茶にしたから、好きな方選んでいいからね。あと、ポップコーンはキャラメルと塩味。一緒に食べよ。あ、塩って言っても、実はここのはバターソースをかけてもらえるんだ。最高でしょ？」

「はいはい、わかりましたから、行きますよ」

大きなカップの中からふわりと甘いキャラメルとバターの香りが混じり合う。

なんと蠱惑的か。まるで人の欲する全てがそこにあるかのような香りだった。

ポップコーンのかぐわしい香りを嗅ぎながら、たきな達は早歩きで劇場内へと入る。

すでに照明は落とされ、暗くなってこそいたが、まだ始まってはいないようだ。隣町である亀戸の結婚式場のＣＭが流れていた。

「ほら、たきな。わかる？　劇場に入った瞬間に日常生活では経験できない、しっかりとした防音設備ならではの静けさが……まぁ、今はないけど」

「大音量でＣＭ流れてますからね」

「とにかくいい音響環境なわけ。自分たちが立てる音だけが聞こえるのって、凄く特別って感じがして、もう非日常～って感じ」

確かにそれはある。耳が少し違和感を覚えるも、決してネガティブではないこの感じ……。まばらな観客たちの、わずかばかりの話し声やポップコーンを食べる音、ドリンクの氷が奏でる軽やかな音……。

それらが強調されるようにして耳に聞こえるのは、確かに他ではなかなかない。

「そしてそして、何と言っても座席！　映画を見るためだけに用意された座席って、何か、ワクワクして来ない？　ほら、あそこが私達の……あれ？」

千束が指さした先に、見覚えのある顔が並んでいた。

ミズキ、ミカ、そしてクルミの三人が、千束とたきなの一つ後ろの列に並んで座っていた。

「アンタ達、遅かったじゃない」

「え？　何で⁉　ミズキなんて男とじゃないと行かないって……」

ミズキはビールを片手に、「いやそれがさぁ～」と笑う。

「何かテレビ見てたら、今アタシのイチオシのイケメン俳優が、この映画面白いって言っててさー。ほら、どこかで運命的に出会っちゃった時に話題が欲しいじゃない？　だからー」

「……その出会いの確率、絶望的に低そうですね」

「たきな、黙りなさい。奇跡を信じられなくなったら乙女は終わりよ」

たきなはミズキの相手をしたくなかったので、クルミの方を見やった。

「ボクか？　ネット上にあるこの作品の違法アップロードは日中に全部ぶっ潰したからな。今見るには映画館に来るしかなかったってだけだ」

「あ、やってくれたんだ。ありがと♡」

千束がウィンクしつつ、たきなと共に座席に着く……が、すぐに彼女は小さな子供のようにして、座席に膝立ちになって後ろへ体を向けた。

だいたい、とクルミが続ける。

「『黄金の四十九日』がスプラッター映画だとわかっていれば、さっさと見たのに。タイトルからそれ系だってのがわかりにくいぞ。てっきり、如何にも邦画っぽいしんみり系のやつかと思った」

フッフッフッ……と千束が不敵な笑みを浮かべる。

「さすがのクルミでもこのタイトルのトリックには気がつかなかったか」

「死んだはずの奴が四十九日で成仏するまで人を殺しまくる話、そのままのタイトルだろ？

トリックなんて……」

「甘ーい。タイトルの後半、よーく読んで？　英数字の49じゃなくて、あえて漢数字で四と十と九って書かれてるトコにチューモク！」

　クルミは宙を見上げるようにして、しばし何かを考え、そして「あぁ」と声を出す。

「四＋九か。それで一三、そして黄金のと付くから『13日の金曜日』のオマージュタイトルなんだな」

「大正解！　和製ジェイソンって感じなんだよ」

　なるほど、と話を聞いていただけのたきなも納得した。

「で、先生は？」

「一人だけノケ者は寂しいじゃないか」

　一番かわいらしい理由だと、たきなは一人小さく笑った。

　スクリーンで流れていたCMが一段落し、新作の紹介へと移る。たきなは後ろの大人たちとまだ喋ろうとする千束の背中をポンポンと叩いた。

「千束、新作予告が始まりますよ」

「おっと。……え⁉　あれの新作やんの⁉　マジで⁉」

　シーッ、と大人たちから注意され、千束は慌てて口を両手で塞ぎつつ、座席に深く座り直す。

「騒ぎたいのなら、家で見た方がいいのでは？」

「海外じゃ映画館でも騒ぎながら見るのがデフォなの知らない？」

「ここは日本です」

「それに私たちは、そう簡単に海外へは行けませんし」

「いつか一緒に行こうよ。で、大騒ぎしながら映画見るの。きっと楽しいよ」

「あの……結局千束は映画館で騒ぎながら見たいんですか、それとも静かに集中して見たいんですか？」

「どっちもだよ。楽しいのは全部。だから家で見るのも好きだしね」

欲張りで、贅沢で、ワガママで……。子供っぽいくせに、ふとした瞬間には達観した物の見方をしたりもする……。

相も変わらず、変な人。それが、錦木千束だとたきなは思う。

「さぁさぁ、もうすぐ始まるわけだけど……たきなさん。音響に、座席に、ポップコーン……いろいろ映画館のいいところはあるわけだけれど、もう一つ、忘れちゃいけないことがあるの」

「大きいスクリーン？」

「……あー、当たり前すぎて忘れてた。それもある。うん。けど、もう一つにして最大のものがあるんだよ。それはね……この時間。ほら、考えてもみて？〝映画館で映画を見る二時間〟

っていうのは、〝映画を見るためだけの二時間〟なんだ。これって、今の時代には凄く贅沢なことだと思わない？」

言われてみると現代人にとって、一つの事だけに二時間集中する、というのはなかなかに得がたいものなのかもしれない。

トイレを済ませ、スマホを切り、かつ、誰からの邪魔も入らないことが約束された二時間……。確かに贅沢だと言える。

「だから映画館で見る映画は想い出に残るし、家で見たりするよりもっと面白く感じられる。そんな特別な環境で、仲のいい誰かと一緒に見たりしたら、きっともっと楽しくなって、めっちゃいい想い出になるのは間違いなし。終わってからカフェとかレストランとかで、ワイワイ感想戦も楽しい」

「そんなものですか」

「そんなものです。見終わったらわかるよ。楽しみにしてて。……お、この新作映画、ちょっと面白そう。……来月かぁ。たきな、あれも見に来ようよ」

「わたしとしては、さっき流れてた予告の映画の方が面白そうに思えましたけど」

「じゃ両方だ！」

「……まぁ、別にいいですけどね」

軽く、そして当たり前にたきなは応じた。

その事にたきな自身が驚き、動揺を隠すかのように、たきなは慌ててドリンクのストローに口を付ける。コーラだった。

喫茶リコリコにいる人間も来る人間も、みんな千束に甘い。それは間違いないのだが……もしかしたら知らず知らずの内に自分もその内の一人になってしまっているのかもしれないと、今更ながらに、たきなは気がついた。

考えてみれば、あのリコリコでコーヒーを飲んでいるとき……すでに〝この店で苦いのは……〟と、自分で云っていた。

自分もまた、店の中にいて、店の一人だというのに……。

「お、いよいよだ」

予告が終わり、本編が始まる直前の静寂の中、千束が胸元で小さく拍手するのを、横目で見る。

暗闇の中だというのに、まるで千束にだけライトでも当たっているかのように、たきなには彼女のニコニコの笑顔がよく見えた。

そんな笑顔の彼女が、不意に自分へ――千束を見つめていたたきなへ、顔を向けてくる。

「はじまるよ」

夏のひまわりのような笑顔を向けられれば、人間というのは自然と笑顔にならざるを得ないものらしい。

動揺を押し殺しつつ、たきなもまた、少し微笑(ほほえ)んだ。

「……はい」

そうして、二人は一緒に前を見る。

物語が、始まる。

■第１話『Safety work』

厄介事というものは、往々にして閉店間際に持ち込まれるものだ。

世界が夜の帳に覆われて幾ばくか。喫茶リコリコも閉店準備に入った頃……彼女は来店した。

扉に付けられたカウベルをカランカランと鳴らして入店してきたのは、薄手のパーカーを羽織った女性——伊藤。常連の三十路前後の女性漫画家だ。

たきなは「いらっしゃいませ」の言葉を発すると共に、ちらりと時計を見やった。

閉店三一分前。

他店同様、喫茶リコリコも三〇分前がラストオーダーである。閉店後のボードゲーム会がある時は当然そこらはあやふやになってしまうが、今夜その予定はない。

表にかかっている『ＯＰＥＮ』のかけ看板をひっくり返してこそいないものの、それでもたきなはカウンター内にいたミカの顔を確認する。彼は小さく頷いた。

「どうぞ」

伊藤はいつも座敷席か、それが埋まっていれば中二階のテーブル席を選ぶ。

というのも、彼女にとってカフェというのは仕事場の延長線上にあるものらしく、基本的にノートやペンなどの画材、または液晶タブレットを持ち込んで作業をするため、広い卓上スペースを求めるのだ。

しかし今夜の彼女はカウンター席に着いた。よく見ると手ぶらでもある。

たきなはメニュー表を差し出しつつ、それとなく伊藤の顔を窺うが……明らかに憔悴していた。

漫画制作に疲れ果て、純粋に休憩に現れたのかもしれない。

「すみません、ラストオーダーになりますが、よろしいですか？」

伊藤は小さく頷くが、メニュー表を開こうとはしなかった。

思わず「あの……」と、たきなが声を出しかけたとき、店の奥から千束が顔を出す。

「あれぇ！　伊藤先生！　ようこそリコリコへ！　こんな時間に珍しい！　どしたのどしたの、あ、仕事に詰まっちゃいましたー？」

来客の気配で千束が裏から出て来ると、暇を持て余した犬のように伊藤へと寄っていく。

そのワクワクとした様子に、存在しないはずの揺れる尻尾が見えるようだった。

「……仕事……そう、仕事……」

千束も伊藤の異常さに気づいたようだが、表情を変えずに彼女の背後に回ると、その肩を揉み始める。

「あーもーガチガチ！　お客さぁ～ん、仕事、頑張ってますねぇ～」

「……頑張ってはいるんだけどね」

まったく乗ってこない伊藤に、さすがにこれは重症だと思ったのか、千束はちらりとたきなの顔を見やって助けを求めてきた。

詳細がわからない以上、どうしようもない。となれば、やる事は一つしかない。

たきなはメニューを開いて伊藤に見せた。

「伊藤先生、ご注文はどうしますか？」

刹那、たきなは考える。

心身が疲弊したときはカフェイン頼りにコーヒーもいいが、甘い物を是非とも薦めたい。

今の甘味の在庫からふさわしい物を選ぶとすれば……アレだ。

期間限定、今だけの喫茶リコリコ新作甘味であるアレしかない。

「あの、今のオススメは――」

「仕事を頼みたいの」

常連客といえどもその多くがそうであるように伊藤もまた、千束やたきな達の表の顔しか知らない。

だから当然、仕事と言えばカフェのそれになる……そのはずなのだが、彼女の重い口調、カウンターの上に向けられたままの鋭い視線……そんな普段見ない様子に、たきなは思わず体に緊張を走らせてしまう。

その点、千束はさすがだ。肩を揉む指の動きが乱れる事もなく、ニコニコの笑顔もそのまま。

「仕事ですか？　いいですよー、どんなご注文もおまかせあれ♪」

「千束ちゃんって……銃、使える？」

さすがのそれには千束も手が止まり、表情が固まった。

「あの……伊藤先生、それはどういう……？」

「漫画のモデルになってくれって話だろ」

いつの間にやら店に出てきたクルミが、アホを見る目をしながら言った。小脇のノートＰＣを見るに、座敷席で作業しようと思って奥から出てきたのだろう。

だが、千束も伊藤もクルミの方を見ることなく、深刻な顔のまま続ける。

「千束ちゃんは殺しを生業とする女子高生掃除屋なの」

「殺し⁉　ちょっと、その、何て言うか、そういうの、私には……」

「お願い、もう頼める人なんていないのよ。銃で、とある財閥の令嬢を殺して欲しいの」

「……無理だよ、先生。アタシには……」

「……優しいのね、千束ちゃん。でも……そんなあなただからこそ、お願いしたいのよ」

「先生……」

「だから漫画の話だろ⁉」

「そういうノリじゃーん♡」

千束が「やだもー」と笑いながらクルミに顔を向ける。

ったく、とクルミは悪態を吐いて、座敷で腹ばいになりながらノートＰＣを開いた。

「漫画のモデルになってほしいっていう事ですよね、伊藤先生？　全然ＯＫですよー」

「そう……漫画の話なの。っていうかモデルになってほしいっていうか、もう勝手にモデルにしちゃってて、事後承諾でどうにか土下座で許諾取ろうって感じだったんだけど」

なかなか強引な話だ。普通は事前に許可を求めるものだろうに。

たきなはそう思うが、漫画業界というのは、そういうものなのかもしれないと思い直す。

自分の常識が必ずしも世界の常識ではないのだ。ＤＡを離れ、この喫茶リコリコに来てからというもの、それを思い知らされた。

先日起こった男性下着の一件もそうだ。世間に浸透できるよう十分な訓練を受けてきたつもりだったが、そこで生活するとなると、あまりに知らない事が多すぎた。

私服で街を歩き、自分たちの判断で店を選び、自分たちで商品を買い、そして目眩がしそうな程の脂質と糖質が入ったクリームたっぷりのパンケーキを春風の中で食べる……そんな心地よさなど、ＤＡにいた頃には想像すらしたことがなかった。

千束がファースト・リコリスの中でも史上最強とされる理由は、そうした事をたくさん知り、経験し、実践しているところにもあるのかもしれない。

だとすれば、楠木司令が喫茶リコリコで錦木千束から学べというのは、ひょっとして——。

「……あと、たきなちゃんも必要」

「あ、はい！　……わたしも、ですか？」

急に自分の名前が出て、たきなは反射的に背筋を伸ばす。

「たきなちゃんはとある財閥のご令嬢。けれど、女子高生でありながらその財閥の闇の業務を一手に担っていて、裏社会では知らぬ者のいない存在……通称ミッドナイト・プリンセス」

「……絶望的にダサい通称だな……」

そうですか？　と、たきなは呟いたクルミを見やった。たきなとしては、ダサいとは特に思わなかったからだ。

「たきなが……ミッドナイト・プリンセス、か。でも浮世離れした格好いい雰囲気、スタイリッシュな目元、まさにクールビューティ……言われてみれば、裏社会に精通した令嬢と言われても……」

千束が、ふむ、と彼女の細い顎に指をやりながら、たきなをまじまじと見る。

たきなは無表情に視線を返した。

「ただ、この仕事依頼にはちょっと問題があるの、それを踏まえて考えてほしいんだけど」

「何です？」

「締め切り、今夜」

伊藤を除いた全員が店内の時計を見やった。

たきなは漫画の仕事がどういうものか、あまり詳しくはない。けれど千束の表情を見るに、相当絶望的な状況だというのは何となく察した。

「あの、センセェ……？　今夜締め切りで、今モデル依頼って、どういう状況なんです……？　あ、わかったイラストだ！」

「読み切り三六ページ」

　重苦しい沈黙が店内を支配した。

　動いているのは、それがどれだけの仕事量かわからずに、皆の顔をきょろきょろと見ているたきなだけだ。

　やれやれと言いたげなクルミが、起き上がってあぐらをかく。

「どう考えても物理限界を超えているだろ」

「大丈夫。ほとんどのペン入れは終ってて、背景とかも用意してあるの。あとは決めシーンのヒロイン達だけ。……でも、表情とか、構図とか、そういう魅力がうまく決まらなくて……だから！」

「生まれながらに魅力溢れる、麗しき私たちがモデルになってそこを補う、と！」

「そんな感じ!!」

「お任せあれ！」

「助かる！」

　たきなには何をするのか未だわからなかったが、どうやら仕事は千束により受諾され、自分も付き合わなければならないらしいことは把握できた。

　朝までかかるのが確定なのか、たきな達が店の制服からリコリスのそれへと着替えた後も、千束はお泊まりセットの準備のために店の奥でアレコレとやっていた。

　先に店内に戻ると、伊藤が拝んでくる。

「ありがとう……本当に、ありがとう……」

　そんな彼女に、ミカがコーヒーと一皿の甘味を差し出した。

「では、千束の準備が整うまで、こちらでも」

　皿に載っていたのは……たきなの考えと同じ、アレだ。

「これって……？」

　伊藤の前にお手拭きを添えながら、たきなが疑問に応じる。

「グレープフルーツ大福です。中は粒あんですから、疲労に効きます」

　油分に頼らない和のあんこ系スイーツは吸収も良く、その材料である小豆の皮にはビタミンB1が豊富だ。

　ビタミンB1は糖質をスムーズにエネルギーに変換する働きを持ち、筋肉等の回復にも役立つため、肩こりにも効くとされていた。当然ながら、皮を除去してしまうこしあんではダメだ。あくまで粒あんであることが大事だった。

　加えて、本作の花であるグレープフルーツにはクエン酸が含まれており、これも疲労に効く。まさに、うってつけだ。

「グレープフルーツの……大福……これが？」

確かに伊藤の戸惑いもわかる。普通の大福とは形状が違って、このグレープフルーツ大福は三日月形なのだ。

というのも、グレープフルーツを大福に入れようとすると、ぶつ切りにして小さな一口大福にするか、ぶつ切りにしたグレープフルーツを複数個まとめて大きく包むしかない。

前者だと、あんこや生地とグレープフルーツの割合が若干アンバランス。後者だと食べる際にボロボロと落ちやすかったり、果汁がこぼれやすかったりする。

そうした思案の末に行き着いたのが、この三日月形である。

グレープフルーツの果皮、そしてさらにその中の薄皮をも剝き、実だけを取り出して粒あんと共に白玉生地で包みあげたそれは、喫茶リコリコの自信作だった。

「たきなも食べなさい。こっちはクルミに」

ミカはコーヒーと共に、皿に載せたグレープフルーツ大福を二セット出した。苺大福以上に日持ちがしないので、売れ残るぐらいなら食べてしまえ、という事だろう。

それをお盆に載せて、座敷席へ。

その際、視界の隅で三日月の大福にかぶりついて、目を見開く伊藤の顔が見え、たきなは少し嬉しく思う。

「……え、なにこれ、おいしい……」

グレープフルーツの仕込みは、朝、たきながやったものだ。だから、尚更に嬉しさがある。

クルミと共に座敷席にて、一息入れるようにコーヒーをする。

これから夜更かしするとなれば、この一杯は嬉しい。

さて、とたきなは大福へと向かう。包みに失敗したものは朝に食べさせてもらったが、きちんと完成したものを食べるのは、コレが初めてだった。

二口三口程度の、三本の指でつまむに丁度良いサイズ。

表面に薄く片栗の化粧をまとった大福は、触れれば赤子の頬のような柔らかさだ。

形を崩さないよう慎重につまみ上げるが、中のグレープフルーツが芯になっているため、案外形は崩れにくい。

細くなっている端からすっと口に入るため、この形状は普通の大福に比べて格段に食べやすい。そのため〝かぶりつく〟というよりも、より上品に、差し込むようにして口に運べるのだ。

たきながリコリコに左遷されてからまだ幾ばくもないが、それでもミカという男が、実に繊細だということは理解していた。

大柄で、筋肉質で、相当な修羅場を潜り抜けてきたと窺わせる所作の男でありながらも、その仕事――特に、菓子作りに関しては実に繊細な仕事をする。

おいしさ、コーヒーとの相性はもちろんのこと、食べる事にストレスが生まれぬよう気を遣っているのがわかる。

今回のこれもまさにそれ。大口を開ける必要もなく、そっと口へと入れられる。化粧をしっかり決めた人にも、これならば気楽に味わってもらえるはずだ。

「いただきます」

三日月の大福を右手でつまみ、左手で落ちるかもしれない粉をフォローしつつ、口に運ぶ。

舌、そして唇に触れるかすかな粉っぽさ。

食べる事へ罪悪感を生むほどに、きめ細やかで柔らかな生地へと、歯が触れる。

生地の向こうに控えていた、しっとりとした粒あん。そこに、急に弾力のある物――グレープフルーツが現れる。

これに〝えいや〟と歯を通せば、容易く、そして気持ち良く噛み切れる。

たきなは唇に粉が付いたのを感じ、揃えた指先で口元を隠しつつ咀嚼する。

すると元気の良い、ぷりぷりとしたグレープフルーツの実が弾け、ジューシーな果汁が口内にほとばしった。

フレッシュな香りと、それに伴うほどよい酸味。生命力を感じるグレープフルーツの硬い実。

それに混じる粒あんの細やかな食感。

それらが口の中で賑やかに躍り出す。

そして現れる、柑橘系特有の爽やかな甘さと、粒あんの力強い甘み……二層の甘みだ。

混ざり合って濁る事も、喧嘩する事もなく、互いの魅力を高め合うようなそれら。

口が空になる頃には、和菓子にありがちな喉の渇きなど微塵もない。まるで水菓子のようですらあった。

和菓子だけでは得がたい爽やかさとジューシーさ、果物だけでは得がたいしっかりとした満足感……。相反するようなそれらを、一口に詰め込んだからこその、身も心も満たされる喜びが、この大福にはある。

だが、まだだ。まだミカの工夫は終わっていない。

柑橘系を大福に入れる場合は、基本的には白あんとされている。

カットした際の洗練された見た目、フルーツの味わいを邪魔する事なく甘さを支えるため……などの理由はあるものの、ミカはあえて、この三日月形には粒あんを用いていた。

その理由は、コーヒーを一口すればわかる。

そう、柑橘系と白あんの大福は茶に合うが、喫茶リコリコのメインはコーヒーである。そのための粒あんチョイスだった。

グレープフルーツの爽やかさと、あっさりとした白あんではコーヒーに負けてしまう。だからこそ、甘みにコシのある粒あんにする事で、コーヒーと並び立てる強さにしているのだ。

ミカは特に何も言わないが、たきなとしては少し濃いめの、酸味よりコクや苦みの強いコーヒーがコレには特段合うように感じる。

「ん、うまいな」

クルミが一口で半分程をも頬張り、もぐもぐとやっている。咀嚼するたびに彼女の頬がふにふにと動くのは、見ていて飽きない。

夕食前だったこともあり、たきなもクルミもペロリと平らげてしまった。

もう少し食べたい気持ちもあったが、在庫はもうない。そして何より――。

「お待ったせしましたー!!　行きましょー!!」

――うるさいのが戻ってきてしまった。

やれやれと、たきなは腰を上げる。

「行きましょうか、伊藤先生」

うん、と席を立った伊藤の顔は、来店時より幾分マシになっているように、たきなには見えた。

●

伊藤の仕事場兼住居は、喫茶リコリコから一〇分ほど歩いた場所にあった。

和室の2LDKだ。建物の外観は古そうだったが、部屋が汚いという印象はない。

ただ、狭苦しい印象ではあった。

玄関前にはダンボールに入った本やら何やらが積まれており、壁のほとんどが本棚で埋まっ

ているせいだろう。

奥の部屋にはチェアマットが敷かれた作業用のデスクがあり、デスクトップパソコンのモニター、キーボード、そして液晶タブレットがその上に鎮座していた。

それを千束が物珍しそうに眺める。

「伊藤先生って、デジタル作画なんですね？　前、店で紙に描いてませんでしたっけ？」

「使い分けてるの。フルデジタルにできるほど技術ないけど、アナログ一辺倒はもうしんどくて。トーンも昔みたいに売ってないしね。キャラのペン入れまではアナログで、背景とか含めてデジタルで仕上げって感じ」

へー、と千束はワクワク顔で話を聞いているが、相変わらず漫画の基礎知識のないたきなからするとチンプンカンプンだ。なので、部屋の隅で大人しく気配を殺して立っていた。

とはいえ千束が前のめりになり、伊藤が饒舌になってきた辺りで、さすがに釘を刺す。

「そろそろ仕事の話をしませんか？」

二人がハッとした顔でたきなを見た。

「ごめんなさーい！　久々に人と喋ったから、つい！　……あと、千束ちゃん、喋るのがうまくって、楽しくなっちゃうから」

「あーもーうまいこと言ってぇ♡　でも、伊藤先生って、漫画家なのに社交性がありますよね。お喋り上手というか」

「そんなことないってー♡　だいたい漫画家が内向的っていうか、陰気なのってイメージほど多くなかったりするの」

「え、そうなんですか⁉」

「私みたいに一人でやってる弱小はともかく、人気漫画家さんなんてアシスタントさんを何人も雇ったりしているわけだからね。やっぱり社交性が――」

「時間がないんですよね⁉」

思わずたきなは声を荒らげた。

すると、伊藤は畳の上で正座をし、俯き、言った。はいすみません、と。

その後ろで千束も正座しており、反省顔をしていたが、そちらはたきなは無視した。

「それで？　わたし達に何をしてほしいんです？」

「キャラクターのモデルになってほしいです。というか、キャラのモデルにしてしまっているので、描きにくいシーンのポーズを取ってもらって、それを写真に撮らせてもらいたいです」

「……何で敬語なんですか」

「何となく……」

「で？　どんなポーズですか？」

「お互いに銃を持って、こう……あ、待ってて、今ラフ画とモデルガン出すから！」

伊藤がそそくさと離れて行った事で、腰に手を当てたたきなと、正座して俯く千束だけが場に残った。

「千束(ちさと)」

「はい」

「遊びに来たんじゃありません。仕事中に遊ばないでください」

「はい、すみません」

お待たせー、と伊藤(いとう)が押し入れから二丁の銃を持ってくる。一丁はモデル不詳の小型五連発リボルバーだ。

もう一丁はＡＫ(アサルトライフル)——それもポリマー製の洒落(しゃれ)たハンドガードとグリップ、マガジンに伸縮ストック、これにダットサイトを搭載している上、チャージング・ハンドルも大型化されているなど、近代化改修(モダナイズ)されたタクティカル・カスタムのＡＫだった。

ハンドガード部分を握られているＡＫはともかく、リボルバーのグリップを握り、トリガーに指をかけて伊藤(いとう)が持ってきたのは……いささかたきなには気になる。

何か言いたくなるのを、たきなはグッと堪えた。ここでうるさく言うのも面倒だった。

だが、これね、とリボルバーを千束(ちさと)に差し出したときに、銃口が彼女を捉えようとした瞬間ばかりは、さすがに伊藤(いとう)の手を押さえようと反射的に体が動く。

しかし、たきなの行動よりも千束(ちさと)の方が早かった。

「私がリボルバーですねー」

千束は伊藤の手を握るようにして、リボルバーに手を当て、銃口を向けられる前に奪い取っていた。それも、極めて自然に。

人に銃口を向ける——訓練なら教官から即座に殴りつけられるか、手を下ろせと銃を突きつけられる行為だった。何だったら撃たれても文句は言えない行為だ。

平和な日本で見知った相手が持ってきた自称モデルガンだとしても、戦場で悪意を有する者が持つ銃器と同じ認識で対応するのが常識だ。

銃のない国はこの世に存在せず、オモチャと実銃を取り間違えた事故など過去にいくらでもある。一度の些細なミスが、取り返しの付かない事態を生むのが銃というものだ。

銃口からは殺人ビームが出続けているものだと思え、というのは銃口管理をする上でよく言われる言葉でもあるし、実際その通りだとたきなも思う。

万全を期しても暴発や誤射は起こり得る。逆に、しっかり手入れをした銃と、開封したてのパッケージから取り出した弾薬でも、不発は起こり得る。命を扱うものだからこそ、常にミスとイレギュラーとトラブルを前提に考えなければいけないのだ。

「千束ちゃんはあえてリボルバーを使う、ちょっと変わった暗殺者って感じなの」

伊藤は今し方、自分の手から銃を奪われたことにすら気がついていない。本当に高度な技を持つ者が行うそれは、まるで手品のようなものだからだ。

痛みはおろか、一切の無理矢理感がなかったことで、伊藤の中では手渡したという感覚だったのかもしれない。

「で、たきなちゃんにはこっちのＡＫ」

渡されたＡＫには最初からマガジンが刺さっており、セレクターがフルオートのポジションになっているのが気になったが……今更だ。何も言うまいと思いながら、たきなは受け取る。

そのＡＫにはそこそこの重量があり、実銃同様の質感があった。だが、刺さったままの洒落た今風のマガジンを抜いて見てみれば、それがエアガンの類いだというのはすぐにわかる。

雰囲気こそ似ているものの、チャージング・ハンドルを引いてエジェクション・ポートを開いて中を覗けば、どうやっても実弾は発射できない構造なのは一目瞭然だ。

千束もまた同様にリボルバーシリンダーの中の銃弾を抜いて、実弾及び実銃でないことを確認していく。

しかし伊藤と喋りながら、視線のほとんどを彼女に向けたままで、指先の感触によって素早く確認していく辺りは……さすがだった。

こうした日常の所作の中に、自然にリコリスとしての技能を織り込むのが、千束は抜群にうまい。完全に溶け込み、その上でやるべきことをやっている。

平和で平凡な平時に、非日常の仕事をするリコリスとして、まさに一流と言える所作だった。

伊藤は千束の確認動作を気にせず、というより、気が付かずにペラペラと漫画の設定を喋っていく。

「千束ちゃんは、作中だとチセっていうんだけど、その子は正義の女子高生掃除人。とある依頼を受けて、監視の弱い日本を取引場所にしている武器商人のアジトに乗り込むの。ターゲットは元締め。それらしき男をバーンってやるんだけど、どうもコイツが真の元締めじゃないっぽい。じゃあ真のターゲットはどこ行ったんだってやってると、どこから紛れ込んだのかわからない美少女が一人。拉致でもされてきたのかと思ったチセは、仕方なしに仕事を中断して彼女を逃がしてあげようとしたら……コレ！」

伊藤は机から液晶タブレットを持ってくると、ドヤ顔でたきな達に突きつける。

その画面の中の原稿では、千束をモデルにしたチセという人物が壁に押しつけられ、腹部にAKの銃口をねじ込まれていた。

たきなに似たタマキという人物は腕を曲げ、AKのストックを脇の下に逃がすようにして短く持ち、重心を落としているが……その側頭部にはチセのリボルバーが突きつけられている、という状況の画だ。

「お互いの本性と関係性が一気に出る！　この読み切りで一番重要なカットなの」

プロの漫画家は凄いものだ、と、たきなは素直に感心する。

清書されていない、ラフな下書きだけの一コマしか見えていないのに……このコマだけで二人がどう考え、どう動いたのか、というシーンの状況が如実に伝わってくるのだ。

恐らく、チセは油断していたのだろう。タマキに「ついてきて」とでも言って背を向けたか、背を向けようとしたのだ。

そこをタマキが、傍らに立てかけてあったAKとマガジンをつかみ——または最初から刺さっていたか——これを装塡、チャージング・ハンドルを操作してチャンバーに弾薬を送り込むも、その際の音と気配で千束が気づくのを読んでいたがために、銃を操作しながら大きく踏み込み、相手に銃口を突き刺すように動いたのだろう。

それも腕だけではなく、体ごとぶつかって行っているのがきちんとしている。

銃にはその種類や弾種、カスタムなどにより適切な交戦距離が存在するが、密着状態は全ての銃において最も苦手とする距離だ。

当然、タマキのAKもまた苦手とする間合いだが、半ば打撃武器として用いることで、密着状態をも有効な距離としている。

マガジンが空だったなどの理由で発砲できなかったとしても、このまま一気に押し込むようにして全力で突けば、チセの肉体に大きなダメージを与えられるだろう。

そして発砲するにしても銃口を腹部に押し込んでいる以上、チセがひらりとかわす事もできない。まさに突いて良し、撃って良し。対象をどうとでも料理できる最高の流れだ。

しかし攻撃を察したチセは、AKの銃口を腹部に押し込まれながらも、タマキの側頭部にグイッとリボルバーを押しつけたことで、それ以上の攻撃を止めさせた……という構図になっている。

現実ならばそこでピタリと止まったりはせず、恐らくＡＫは密着状態かそれ以下でフルオートをぶっ放すだろうし、その衝撃もあってリボルバーの銃口が相手の頭を捉えるのは厳しいはずだ。

ただ、それでも万が一を考慮するなら止める可能性もある。

　この時点で死ぬわけにはいかないとする任務……いや、作中の設定を考えるなら、この程度の小物と相打ちになるようなリスクはわずかでも冒したくない、とするミッドナイト・プリンセスの立場を踏まえた上での静止かもしれない。

だとすれば尚更、このコマ一つに作品の全てが詰まっていると言えるだろう。伊藤が重要だと言ったのも理解できる。

　チセがプロの掃除屋なのに装弾数が少なく、リロードも遅く、正直実戦的ではないリボルバーをわざわざチョイスすることに違和感があったものの、もしかしたらこのシーンを作るために、あえてそれらの違和感を伊藤は飲み込んだのかもしれない。

　頭には銃がめり込むような柔らかさはないとはいえ、反射的に銃口を押しつけたとなれば、オートマチックは射撃ができなくなるため、そうは絶対にならないよう配慮した……というのは考え過ぎだろうか。

　とはいえ、オートマチックでも、千束の愛銃のようなコンペンセイターなどのスタンド・オフ・デバイスを取り付ければ、押しつけることへの不安はなくなる。

単にそこまで考えていなかったのか、それとも……。

「……ここがね、イマイチで」

そうですか？　と、たきなは首を捻る。

「しっかり状況は伝わってきますよ」

「ありがとう、たきなちゃん。でも、伝わるだけじゃなくて、迫力が欲しいのよねぇ……。だから二人にポージングしてもらって、いろんな角度から撮影して、それを元にして作画を……ってやりたいの」

「……なるほど」

漫画というのは奥が深い。たきなはそう思いつつ……一気に動いた。

千束へ向かって大きく踏み込みつつＡＫのチャージング・ハンドルを操作し、体ごと千束へとぶつかっていくようにして、銃口を彼女の腹部に押し込む。

千束の背に本棚がぶつかり、鈍い音とホコリが舞う。

たきなは完全に千束の虚を突いたつもりだったが……さすがだ。

漫画同様、しっかりとたきなの側頭部にリボルバーの銃口が押しつけられている。

「……撮影はいいんですか？」

目をまん丸く見開いたまま固まっていた伊藤に、たきなは言った。

伊藤はハッとして、慌ててスマホを取り出すものの、撮影する直前になって冷静になってきたのか、千束を見る。

「ち、千束ちゃん、大丈夫……？　今、結構たきなちゃんのアタックが……」

「大丈夫ですって。むしろ本棚のホコリの方が厄介かな。後で掃除しましょ」

実際、大丈夫だろう。たきなは半ば本気で奇襲を仕掛けたつもりだったが、千束は見事に銃口が衣服に触れたと同時に自ら下がって本棚にぶつかっていった。

しかし二人が密着状態だったことから、伊藤には千束がたきなによって吹っ飛ばされたように見えているはずだ。

実際には千束はノーダメージどころか、むしろ、ことわざではなく言葉通りの意味で暖簾に腕押しのような感触だったことで、たきなの方がバランスを崩しかけている有様だった。

踏ん張って体勢を崩さないようにしているだけで、ここから本気で押し込んだり、発砲してＡＫのワイルドな反動を押さえ込んだりするには、重心の位置が少々悪い。

もしもこれが実戦だったなら、千束はＡＫの銃口をギリギリでひらりとかわし、たきなの脳天を吹っ飛ばしていたことだろう。

実際、今の千束の反応の速さからすれば、ひらりと横にかわすこともできたはずだ。

漫画と同じポーズにするために、彼女は自ら本棚へと背をぶつけにいったのは間違いない。

「……やりますね、千束」

「だろ？」

「そう！　そのお互いに不敵な表情で見下ろす千束ちゃんことチセ！　チッて感じで見上げるたきなちゃんことタマキ！　欲しかったのはその表情！　最高！」

パシャパシャとスマホで撮影をする伊藤が千束とたきなの二人の周りをぐるぐると回る。

「……あ、千束ちゃん、作画で直してもいいんだけど、銃の握り方をできればちゃんと」

伊藤の指摘で、たきなは横目で千束の持っているリボルバーを握る彼女の右手を見やり、思わず呻きそうになる。

リボルバーのトリガーはすでに引かれていた。

ただし、撃鉄は親指で押さえられている。この状態では当然ながら弾は発射されない……が、もし少しでも親指から力が抜けたり、衝撃で指が外れたりすれば、自然と弾は発射されるはずだ。一方、小型リボルバーであるせいで、人差し指はしっかりトリガーを抱き込んでおり、少々の衝撃ではトリガーから指が離れる事もないだろう。

つまり、もしたきなが今の状態でAKを放てば、その衝撃でリボルバーの撃鉄を押さえている千束の親指だけが外れ、自然とリボルバーが火を噴くのだ。

撃ったら撃たれる、という状態にしつつ、こちらがこの状況を的確に理解して動きを止めるはずだ、という可能性に千束が期待しているようにも感じる。

何にしても、この所作一つで、たきなから奇襲をかけられて必死で相打ちまで持って行ったという印象は消え、相打ちになるけどそれでもいい？　という千束のやり手感が漂い出す。

「フッフッフッ、実はコレはですねー」

千束がその指の意味を説明すると、伊藤は感心した上で、「尚更いいじゃない！」と興奮し始める。

一方でただの演技、漫画のモデル、オモチャの銃を使っての遊びのようなものと理解しておきながら、明らかに千束の実力が自分の上をいっている事に、たきなは悔しさを滲まさずにはいられなかった。

千束のアイディアは採用となり、手をアップにしたコマを追加することで、お互いの心情と力量をより出すように調整をすると、伊藤が鼻息荒く言う。

「折角だから、そのままでいて。写真だけでもいいんだけど、軽くラフだけ、お願い」

ノートにささっとペンを走らせる音。

悔しさ滲むたきなは、余裕ある微笑みの千束と、上下でしばし見つめ合い続けた。

「ねぇねぇ先生。ちなみにこの話、この後、どうなるんです？」

それはね、とペンを止めずに伊藤は続きを話す。

互いに銃口を外さず、じわじわと距離を取るチセとタマキは、今度こそ本気の殺し合いを始める……が、警察が踏み込んで来てしまう。正体を露呈させたくないのはお互い様だからと、二人は燃え盛る建物の中で自己紹介を交わし、再戦を誓って別れる事に。

その後チセは、最近通い始めた高校の生徒会長が、タマキであることを知る。

お互いに驚きながらも、学校内では殺し合わないようにしよう、と紳士協定ならぬ淑女協定を結び、デンジャラスな学園生活が幕を開ける……という流れだった。

「何か読み切りにしちゃ、今後に期待できそうな流れですね？」

「さすが千束ちゃん、わかってるわね。……この読み切りが好評なら、連載できるかもって言われてて！」

「おぉ〜！」

伊藤曰く、その後、お互いに監視し合うためにチセが生徒会に立候補したり、タマキがそれを推薦したり、何だかんだと一緒にいる時間が長くなって、周りからは親友だと認識される。

夜は互いの使命のために激しくバトルをして、いい感じに関係ができあがったところで共通の敵が出てきて、「今だけ」と共闘する構想まで出てきた。

「おぉ、殺し合っていたはずのライバルとのバディ！　アツイやつですね！」

「そう!!　アツイやつ!!」

「それって、アレですよね。その先の展開じゃ、関係が深くなりすぎて、ライバルが放っておけば死ぬような状況に陥ったりした時に、アイツを殺すのは私だから、とか言って助けちゃうやつ！」

「そう!!　助けてなんて言ってない、とか強がったりする王道の流れ!!」

「それだぁー!!」

千束と伊藤がやたらと盛り上がる。そうしているうちにデッサンも一段落したので、たきな達のポージングは終わりとなった。

「あまり邪魔しても何ですし、千束、帰りましょうか」

「えー折角お泊まりセット持って来たのにぃ？　……あ、ほら、部屋の掃除とかしちゃおうよ」

まぁ掃除ぐらいならいいか、何なら夜食の一つぐらい作っておくのもいいだろう。

たきなもそう納得し、デスクに向かった伊藤の邪魔をしないようにして、部屋の片付けを始める。まずは今し方使用した銃からだ。

装塡したままでは落ち着かないので、マガジンを抜く。

「それにしても何故、このＡＫなんでしょうか」

「ん？　どういうこと？」

やはり気になるのか、リボルバーから弾薬を抜き取っていた千束が顔を上げる。

「これって、闇の武器商人の話じゃないですか」

そうよー、と伊藤。

「先ほどの説明だと、わたしが使うＡＫも商品の一つだったかと」

「そう。コンテナの中に入っている銃のサンプルって感じで置いといた一丁ね」

「だとしたらモダナイズされているのは違和感というか」

伊藤のペンが、止まった。

チェアをくるりと回転させ、彼女がたきなを見てくる。

「……たきなちゃん、そこ、詳しく?」

一丁二丁の密売なら何ということはない。盗品などだろうと予想が付く。だが、大量に売買するとなった時のサンプルが、今回のＡＫとなると違和感が生じるのだ。

まとまった数の銃器を密売する際の供給元は、軍の横流し、どこぞの紛争・戦争地域で回収されたもの、お行儀のよろしくない銃器メーカーからの出荷、闇の銃器製造工場の生産品……などが考えられる。

しかしそのどれもが、わざわざコストが高いモダナイズされたＡＫを、大量出荷などしない。何より闇の武器商人、つまりは完全に非合法の手合いと交渉せんとする買い手ならば、一丁一丁にそこまでの質を求めているわけではないはずだ。

彼らにとっては、まとまった火力を手に入れることが第一であり、オシャレさや使い勝手の良さ、拡張性を上げるためのカスタムなどは求めていないのだ。

結局のところカスタムというのは使用者のこだわりや、必要になって性能を要求された際にようやく考慮されるもののため、通常、仕入れ段階からそれというのはあまり考えられない。

若干語弊があるだろうが、田舎の学校の授業風景だというのに、学生が座っているのがゲーミング・チェアだったりするようなものだ。

絶対にあり得ないという事はないが、あると違和感が生まれ、何故？　と疑問が湧く。

「ですから、ダメだということではないんです。ただ、普通のＡＫではないことに違和感がある、というだけです」

「……それって、今のままじゃマズイってことよね？」

やーやーやー、と千束が声を出す。

「でもそういうのもあるじゃないですか！　ほら、作者さんが出したかったんだなー、好きなんだなーっていう感じとか！　あと、ほら……ね！　そこがメインの歴史資料ってわけでもないですから、ちょっとぐらいミスがあっても……あっ」

ミス、というワードに伊藤が渋い顔になったのを、千束は見逃さなかった。

両目を閉じて〝やっちゃった〟と、唇だけで紡ぐ。

「……ミス……そう、ミスよね。この手のミスは、ネットで叩かれるタイプのミス……絶対炎上するやつ!!　あーもー知り合いを頼って折角借りてきたのに、何でこぅー!!」

伊藤が頭を抱えて喚き出した。

「だ、大丈夫ですって！　ね、ほら、たきな!?　気にならないよね！」

「気になりますね」

「だぁーも――――――!!」

「まだ描いてないんですから、いいじゃないですか」

「………そ、そうね……確かに、そう！　まだ描く前で良かったと思うべきよね!!」

「ホント？　あ、良かった!!　全て丸く収まりそう!!　ねー、たきなー、良かったねー。一時はどうなるかと思――」

「じゃ、その違和感のないAKをどこかで手に入れてこないと」

ん？　と、千束が強ばった笑みで伊藤を見る。

「私、銃はモデルがないと描けない」

「ネットに写真とか……たくさん……？」

「案外丁度いい角度のなんてないし、バレたらトレースだって騒がれるかもだし……特に今回はベストアングルを見つけたから、これ以外は嫌だし」

「……CGとか？」

「そんな技術あるわけないいじゃない」

「え、じゃ、どう……」

「モデルガンでいいの。どこかから借り……いや、最悪購入してもいい。今後も使うだろうし、資料として」

　たきなは部屋にあった時計を見る。千束と伊藤の会話が長かったせいもあり、すでにいい時間――深夜と言って差し支えのない時間帯になっていた。

「モデルガンって、この時間から購入できるものなんですか？」

できないわね、とたきなの疑問に伊藤が即座に応じた。

「ドン・キホーテとかはどうです⁉　ほら、あそこなら夜遅くまでやってますし！　錦糸町北口店か、何ならお隣の亀戸店まで今から買いに……！」

取り扱ってない、と伊藤は断言した。

その様子からするに、すでにチェックしているのだろう。というより、地元民だし、漫画の作画資料になりそうなものは普段から調べているのかもしれない。

「じゃーもー今日はもう寝ちゃうってどうです⁉　思い切って‼　いっそストレス発散で私達とパジャマパーティ～～～～～‼」

「間に合わなくなる……」

「……はい……」

無理矢理テンションを上げていた千束が、たった一言でシュンとした。追い詰められている人間の言葉というのは強力だ。

「漫画の締め切りって、延びたりしないものなんですか？」

たきなの疑問に、伊藤はフッと大人びた顔で笑みを浮かべる。

「……ちょっとぐらいなら延びるかもね、普通なら少し余裕持たせるから。でも今回は違うの。今回は……雑誌の看板作品がね、作者さんギックリ腰で原稿が落ちちゃって」

「落ちる？」

「えっと、絶対もう間に合わない状態ってことかな。……そこで、もし間に合うなら私のを載せてくれるって話でさ。……今夜、原稿が完成させられないんだったら、待たずに多分、どこかの新人君とかの原稿が載ると思う」

「で、でも原稿が面白ければ、チャンスはいくらでも……！」

「……そうね。あると思う。……けれど、難しいのよ、雑誌って。あと生活がね。私、今連載何もないし……」

　確かに今回がダメでも、内容がよければ数ヶ月後には載るかもしれない。好評を受けて連載となるなら喜ばしいし、伊藤とてそれを狙っている。

　ただ、それを本気で狙うとなると当分の間は、他の出版社などに原稿を持ち込めなくなるのだ。

　せいぜいちょっとしたイラストの仕事か、単行本になりにくい——すなわちまとまった収入にはならない、短編読み切りを単発でやるぐらいしかない。無論、それを載せてもらえない可能性さえも十分にある。

　つまり、今の作品に本気であればあるほど、これから数ヶ月間の生活が厳しくなる。

　逆に来月号の雑誌に載って、好評となればすぐに連載準備に入れるし、ダメならダメで次の作品へ打ち込める。無駄がなかった。

　そんな説明をされれば、さすがに何と言っていいかわからず、たきなと千束は互いの顔を見やる他になかった。

「……頑張れるだけ頑張るしかないよね」

伊藤はとぼとぼと液晶タブレットに向き直るが、たきなとしては一度、何を優先させるかを整理、または議論するべきだと思った。

締め切りに間に合わせるのを最優先とするなら、今のままでも良いはずだ。世間からバッシングを受けないようにするなら、締め切りを諦めてでも、オーソドックスなＡＫの資料を手に入れるまで待ってから完成させた方が良いだろう。

今の伊藤を見るに、一応は前者を選んだということなのだろうが、それならそれで割り切ってしまえばいいのに、明確にそれと腹を決めていないせいで引きずってしまっている。少なくとも、たきなにはそう見えた。

だからこそ、そういうときは他人と喋ったり、紙などに書いたり——すなわちアウトプットして、覚悟を確定させてしまうのが良いと思うのだが……。

たきなが提案してみようかと思ったとき、千束のスマホが鳴った。

「伊藤先生、ちょーっと失礼～」

千束に手招きされたので、たきなはそそくさと玄関へと移動し、千束のスマホに耳を澄ませた。ミカからだった。音量を下げつつ、千束はスピーカー通話にした。

『緊急の仕事依頼だ。どうする、千束』

「緊急つったって、こっち今別件の仕事中だし。……それよか先生、うちの地下倉庫にＡＫってなかったよね？」

『あるわけないだろう』

「やっぱりそうか」

『ふむ、しかし困ったな。少々断りにくい……いや、受けてやりたい依頼だったんだが』

たきなと千束は、顔を見合わせた。

ミカにしては歯切れの悪い言い方だ。

そして、そんな言い方をするという事はＤＡからではなく、喫茶リコリコの裏の顔を知っている知り合いからの依頼なのだろう。

「……どういう感じ？」

『受けるか？』

「聞くだけ聞こう」

『暴力団組織の若い男が秘密金庫から銃を持ち出して、現在都内を移動しているそうだ』

「あ～結構ヤバいヤツだ。……でもなぁ、伊藤先生放っておくのもなぁ……」

『そういえば……持ち出された銃は、ＡＫ47だったはずだが』

千束！　と思わずたきなは声を出した。

千束もまたたきなを見て、頷く。

「一石二鳥だ！　先生、その依頼受けちゃって！　……行くぞ、たきな！」

「はい！」

伊藤に、AKの作画は最後にしてね、と伝え、たきな達は夜の街へと繰り出した。

時間がない。移動しながら依頼の詳細を聞く。

即座に断らなくて良かったよ、と千束が言った。

●

銃を持ち出した男をコテンパンに制圧し、身柄を引き渡し、たきな達は収穫物を手に伊藤のマンションへと舞い戻った。

奪い取ったAKはイズマッシュ製ではなく、どこぞで不正規にコピーされた物だ。製造番号もなく、やたらと古くさい。木製ハンドガードの劣化もなかなか、サビ防止のためかグリス漬けでギトギト……それら含めて、今の伊藤の漫画にはピッタリだろう。

しかし明るいマンションにアサルトライフル片手に入っていくのはさすがに問題がある。

たきな達は急ぎ抜いたマガジンをサッチェルバッグの余剰スペースにねじ込み、ライフル本体にはマンション前に落ちていた新聞紙を巻いて、普段から持ち歩いているパラコードで縛りつけ、ゴミ袋を被せることで隠蔽した。

「……余計に怪しくないですか、コレ」

「女子高生がライフル持ってウロウロなんてしないもんだし、大丈夫でしょ！」

「それ以前に未成年がこんな遅い時間にウロウロしてる方が怪しいですけどね」

「どちらかと言えばもう早朝じゃない？　一周回ってむしろ健全！」

「いわゆる朝練とかですか。……こんな粗大ゴミみたいな物を持つ朝練って何でしょうね」

「なんかあるって。とにかく行こう、伊藤先生が待ってる」

伊藤の部屋は四階だ。持っている物が持っている物なので、エレーベーターで誰かと一緒になっても気まずいため、たきな達は階段を登った。

玄関の鍵は開けたままだったので、千束はそれを全力で開く。

「おッ待たせしましたぁ――――！　ＡＫ一丁、お待ちぃ!!」

「千束、時間を考えてください。近所迷惑です」

玄関から見える作業机に、突っ伏す形で寝落ちしていた伊藤はガバッと頭を上げた。

振り返った彼女には頬に液晶タブレットの角と思しき跡が付き、目の下にはクマが色濃くあった。頬の跡はともかく、数時間前までクマなどなかったはず……いや、もしかしたら昨日は目元だけでもと化粧でクマを隠していたのかもしれない。そして、今、目を覚ますために顔を洗ったとかでクマが表に出てきたのだろう。

伊藤は、千束ぉ～、と留守番していた子犬が如くに駆け寄ってきた。

そんな彼女にブツを渡せば、それこそ犬がおやつの袋を開けるようにしてゴミ袋、新聞紙を破り捨て、中からAKを取り出す。

「うわぁ！　映画とかでよく見るタイプの古いAKだ！　……なんか、油がすご……工業機械みたいな臭いが……」

「あー、えーっと……そうッ！　知り合いのガンマニアから借りてきた、超リアルなヤツですから！　臭いまでこだわってる！　……………………………みたいな」

「そうなんだ。……あれ？　マガジンは？」

たきなは千束の背にあるサッチェルバッグからマガジンを抜く。そして伊藤に見えないよう千束を楯にして、中のライフル弾を素早く抜き取り、空にする。三発しか残っていなかったのは僥倖だった。

「どうぞ」

「ありがとー！　わー、やっぱ昔ながらのマガジンは無骨ねぇ。結構軽い……？」

「中に弾薬が入っていないですからね、今で一〇〇グラム程度です。弾頭の種類などにもよりますが、三〇発のフルロードならだいたい六〇〇グラムにな――なんです？」

千束にツンツンと脇腹を突っつかれた。見ると彼女はついた指をそのまま顔の前に持ってくる。

シーッ。黙れ、ということらしい。

そんな二人のやりとりよりも、伊藤はＡＫに夢中だ。彼女はたきなに再びあのポーズを取らせると、すぐさまスマホで撮影し、デスクへと舞い戻った。

ふぅ、と伊藤の背中を見やりながら、千束は腰に手を当て、一息つく。

「一件落着……かな。正しくは二件か」

「そうですね。……では、お夜食でも用意しましょうか」

「いいねー！　あ、でも伊藤先生、割と限界っぽいから……」

わかってます、とたきなは微笑んだ。

「胃に優しい料理を！」「スタミナ料理を！」

………………ん？　と、たきなと千束は互いに顔を見合わせたまま、固まった。

「……これこれ、たきな君？　君は何を言っているのかね。今の伊藤先生は疲れてる……つまり、栄養が必要だ！」

「そうですね。で、千束はその弱っている人間に何を食べさせようとしてます？」

「大盛り！　肉！　えーっと、あとニンニク、ショウガたっぷりとか。あとビタミンのためにフルーツにクリームモリモリにしたデザート！」

「もはや暴力ですね」

「んだとぉ⁉」

「疲れた人間には吸収のいい、優しいものを食べさせてあげるべきです」

「ほーん、たとえば？」

言われてみて、たきなは顎に手を当てて、一瞬考える。

「たとえば…………えっと……お粥、とか？」

「はいダメー！　そんな病院食みたいなのじゃ全然、もう全然、ダメ、足りない、エネルギー的なものが、もう、ね」

「じゃあ千束の優しさの欠片もないチョイスの、何がいいって言うんですか」

「まずあの伊藤先生を見て。ほら、やる気がメラメラ。こういうときは優しく包み込むタイプの料理じゃなくて、がんばれーってグッと背中を押してあげるようなのがいいの」

「さっきの千束のメニューじゃ張り手ですよ」

「たきなのは無意味じゃん！」

千束の言い方に、たきなもイラッときた。

言い返してやろうとするも、たきなたちの脇にはいつの間にやら伊藤が立っていて、思わず口を閉じる。

「千束ちゃん、たきなちゃん、気を遣ってくれるのは嬉しいけど……とりあえず、静かにね。時間も時間だし」

はい、とたきなたちは声を揃えた。

伊藤が再び椅子に座るのを見届けると、たきな達は顔を近づけ合う。

「じゃお互いに料理して、勝負だ」

「望むところです」

「よーし、覚悟しとけよ。伊藤先生が食べなかったたきなの料理、私が食べてやるからな」

「…………………………あぁ、まぁ、そうですね、残されて廃棄されるよりは、えぇ」

一瞬千束が何を言っているのかわからなかったが、少し考えて飲み込めた。

となると、とたきなは考える。

勝負にはまず間違いなく勝つだろうが、そうなると千束の作ったバイオレンスな料理を自分が食べることになる。

仕事終わりとはいえ、なかなかにハードな夜食だ。

「さぁーて、じゃ何作ろうかなぁ。伊藤先生ぇ、冷蔵庫開けるよー？」

「ある物好きにしていいからー」

「好きにしまーす。……って……オイ」

千束が開けた冷蔵庫の中には、およそ食材と呼べる物がほとんどない。

調味料の類いは豊富だが、ヨーグルト、納豆、キムチ、チーズといったものが入っているだけだ。発酵食品が好きなのかもしれない。

強いて食材らしきものといえば、卵ぐらいである。

ちなみに冷蔵庫の脇にあった収納棚を開くと、中にはレトルトご飯とカップ麵・袋麵とパスタが大量にある。

料理などまともに作れないぐらい漫画家という職業が過酷なのか、それとも単に伊藤がそういう人間なのかはわからなかったが、何にしてもこれではさすがに……と、二人は絶句する。

「これ、もう玉子粥ぐらいしか作れなくないですか？」

「そうだね……。でも、玉子粥って言っても、レトルトご飯で？」

一瞬考えてみるも、不思議とレトルトご飯をお粥にするのには抵抗がある。

何故だろう？　考えてみるも、わからない。

「普通に納豆ご飯とか、玉子かけご飯かなぁ」

「……もはや料理と言えないラインですね。レトルトご飯だと特に」

「自分でやれちゃうよね」

「買い出し行きますか？　この辺だと、少し行けば二四時間スーパーがあったはずです」

「それは……ちょっとなぁ」

こういう時——イベント時の千束は大抵積極的である。

だが、さすがにリコリスとして大立ち回りを演じてのこの時間だ、料理勝負だの何だのより疲れや眠気が勝り始めているのだろう。

「わたし、一品、作りますよ」

「お、そう？　何かできる？」

「簡単なものですけど」

「そっか。なら任せた！　私は……えー、部屋の掃除でもしようかな」

「あんまりうるさくしたらダメですよ」

「それはわかってるって」

さーて、と二人は、互いに背を向け合う。たきなは腕をまくり、持っていたヘアゴムで髪をまとめあげ、手を洗った。

まずは冷蔵庫から卵を三つ取り出し、先ほど棚の奥にチラリと見えた土鍋をコンロに置いた。鍋焼きうどんなどに丁度よさそうな一人用の鍋である。そこに水を入れ、火にかける。

沸騰するまでの間に取り出しておいた卵を三つ、ボールに割り入れた後、泡立て器で混ぜに混ぜる。泡立て器のワイヤー部分がシリコンで覆われているタイプのものだったので、音を気にせずに、たきなは全力でいく。

途中で土鍋のお湯が沸き始めたので、弱火にし、顆粒出汁を適量入れる。本当はカツオ節からしっかりと出汁を取りたいところだが、今の環境ではこれが限度だ。

さらにちょろりと醤油を垂らして、ミル付きのコショウがあったので、これを少々……。

出汁はこんなところか。味見してみると案外悪くない味である。

そして再び泡立て器へ。混ぜに混ぜ、空気を含ませ、いよいよほんわりとしたクリーム状になってきたところで、隠し調味料として、砂糖をひとつまみ程度入れて、さらに泡立てていく。

土鍋の火を中火に。普通の鍋と違い、土鍋は火力の影響がすぐには出にくいので、しばし待つ。その間も泡立て器をカシャカシャ。

いよいよ出汁が沸きそうな雰囲気を出してきたところで、たきなは声を上げた。

「お夜食、もう出来ますよ。出していいですか？」

はーい、という二つの声。それを受けてから、たきなは土鍋へクリーム状の玉子をそっと流し込んでいく。そして全てを入れたら、火を切って、蓋。

素早くおたま、お椀を三つ、そして木の匙があったのでこれをお盆に載せると、最後に鍋敷き……がなかったので、小型の木製まな板を代わりに置いて、そこに土鍋を載せた。

「できましたよー……って、何やってるんですか」

へ？　と、顔を上げた千束は伊藤のベッドに寝転がりながら、漫画の本を読みふけっていた。

「千束、掃除は？」

「……掃除って、どうして本読んじゃうんだろうね？」

「つまりサボってサボっていた、と」

「サ、サボってたわけじゃなくてぇ～、落ちてた本を本棚にちゃんと並べようと思ったらぁ～……読んじゃった」

えへっ、という顔で笑って誤魔化そうとする千束に、皮肉の一つでも言ってやりたい気分ではあったが、そんなことをしていたら折角の料理がダメになってしまう。この料理はシンプルが故に繊細なのだ。

　もういいです、とたきなはちゃぶ台にお盆を置く。伊藤と千束が着くのを待って、鍋の蓋を開ければ……湯気と共に二人の甲高い声が上がった。

　土鍋一杯にふんわりとした雲のような玉子、漂うカツオ出汁の湯気の中に玉子のまろみのある香り。

　見た目で興味を引き、香りで空腹を呼び起こし、味で労る……そんな一品である。

　たきな自身、思っていた以上にうまくできた。

　誇らしい気持ちで、お椀にそれぞれよそっていく。

「たまごふわふわです」

「うん、ホントにふわふわ！　たきな、これ、何て言う料理？」

「たまごふわふわです」

「うん、だからそれはわかったから、名前……」

「ですから、たまごふわふわです」

「うん、ふわふわだ、ふわふわ。間違いない。で、名前……」

「ですから……」

「千束ちゃん、もしかしてこの料理の名前が『たまごふわふわ』なんじゃない？」

「あ、そういう事⁉」

「……そういう事ですよ。何ですか今の会話」

噛み合っているのか噛み合っていないのか、よくわからない会話である。千束とはこういうことが多々あった。

「江戸時代からある料理です。京都にいた頃にちょっと習いまして」

教養座学の一環で、静岡出身の教員から気まぐれに教えられたものだ。実は作るのは初めてだったが、資料で見た写真と寸分違わぬものができたのは幸運だった。

三人そろって〝いただきます〟を唱えれば、我先にと木匙、そしてお椀を持つ。

木匙を黄色い雲のような玉子に差し入れれば、ぷすぷすというような感触。木匙が沈み、切り離すようにしてすくい上げる。

口元に持ってくる際に漂う香り――とても化学調味料ベースの出汁だとは思えない。

未だ熱いそれに息を吹きかけ、そっと口の中へ。

唇を抜けて舌に乗れば、まさにそれは温かい泡のよう。

やや濃いめの出汁の風味を感じながら咀嚼すれば、ほろほろと玉子はほぐれ、その甘みと旨味がやんわりと広がっていく。

滋味を感じ、温かな和らぎを覚える、そんな味。

出汁に入れた少量のコショウが野放図の甘やかしを赦さず、しっかりと最後を締めている。

それ故に、優しさの中にもきちんとした気品があった。

それがいい。

「うわっ⁉　何コレ、初めての食感！　たきな、おいしいよ、コレ！」

「優しい味ねー。するする食べられちゃう」

自然とドヤ顔になりそうになるのを堪える。この料理でそんな顔をすると、些か下品な気がする。

だから、「そうですか、良かったです」とたきなは冷静を装って応じるにとどめた。

「これアレだ。味の方向性としては茶碗蒸しなんだろうけど……全然違う料理に感じる」

確かに千束の言う通りだ。出汁と溶き玉子がベースとなるため、腹に入ればその差はほとんどないだろう。

ただ、とぅるとぅるの茶碗蒸しとその食感は雲泥の差だし、味わいもまた実は結構違う。

出汁と玉子の風味はたまごふわふわの方が完全に一体化していない分、それぞれを感じやすいし……何より物珍しさが匙を持つ手を自然と動かしていくのである。

「本当にしんどい時なんかはこっちの方がいいかもね。茶碗蒸しって具材がないと寂しいけど、これはこれだけでいいもの」

「泡立てるのに少し手間がかかりますけどね」

あー、と伊藤が眉を八の字にして微笑む。

「ですが、少しコツはありまして。玉子に少しだけ砂糖を入れてあるんです。それで泡立ちが

良くなるので、少しは楽になります」

それが隠し調味料、砂糖の秘密の効果だ。

砂糖によって玉子にかすかな粘度が生まれ、泡を安定させてくれる。最初から入れておくと不思議と泡立ちにくいので、少し泡立ってきた後に入れるのがコツのコツだと習っていた。

そんな話をしていれば、あっという間に鍋は空となった。

当然、腹にたまるタイプの料理ではないため、全員が物足りなさを覚えている様子だったが……自分たちも伊藤も、夜食のリスクは理解しているので誰も何も言わない。

深夜の暴食は、いろんな意味で危険だ。

特に若い女性には。

「ごちそうさまー、おいしかったー。ありがとね、たきなちゃん」

「いえいえ」

「千束もね、ありがと」

「どういたしましてー」

「……千束って何かしました？」

「そりゃお前………………………………過酷な仕事場に華を添えた、的な」

「寝ながら漫画読んでただけじゃないですか」

千束がムクれる。伊藤が笑った。

「いいコンビね」

「そうですか？」

「そうよ？　相性って、正反対の方が案外うまくいったりするものだからね」

千束を見る。何故かキメ顔でウィンクしていた。たきなは無視した。

「モデルガンも、ありがとうね」

伊藤が作業机の上に置いていたＡＫを持って戻ってくる。

「資料、役立ちましたか」

「もちろん！　おかげで作業が捗る捗る」

「それは良かったです」

「あの決めシーンはもうだいたい作画終わったから、あとは他の細かいシーンのＡＫを描き直せば……だいたい完成かな」

「おぉ～さすが伊藤先生ぇ、やっ――」

ドンッ、と伊藤のＡＫが火を噴いた。

衝撃で伊藤の手からＡＫが吹っ飛んで床を転がり、三人は揃って目を点にした。

――暴発である。

耳鳴りを覚えつつ、ＡＫから発射された弾丸の行く末を見やれば……液晶タブレットが破片を撒き散らしながらデスクから落ち、ゆらゆらと煙を立ち上らせ始めていた。

「…………ねぇ、何か、今、オモチャのＡＫがドンって……私の液タブ、何か、壊れ……え？　原稿データ……アレにしか……え？」

千束が動く。

茫然自失となっている伊藤の腰に左手を添え、彼女の目に右手を当ててそのまま押し込むようにして床に寝かせると、たきなへとアイコンタクト。

たきなもそれを受けて立ち上がり、伊藤の両足をつかむと、脇の下を持つ千束と二人がかりで彼女をベッドへと移動させた。

「千束、ねぇ、私の原稿……」

「伊藤先生？　全ては夢。そう夢、夢、夢……ほら、気持ち良くなってきた。大丈夫、全部大丈夫。ね？　だから、さぁ、そのまま瞼を閉じたまま……」

伊藤が瞼を開こうとしたので、再び千束が手を当てると、そのままもう一方の手で胸の辺りをとんとんと優しく叩いていく。すると「んぐー」という伊藤の寝息が聞こえてきた。

千束がふぅ、と己の額の汗を拭う。

「ミッションコンプリート」

「どこがですか!?　全然ダメでしょう！　何で弾を抜いておかなかったんですか!?」

「んなこと言ったってー。……たきなが抜いていると思ってたしー」

思い返すと千束が新聞紙を拾っている間に、たきながマガジンを抜いていた。そして新聞紙を抱えた千束が寄越せというので銃本体を渡し、たきなは引っこ抜いたマガジンを千束のサッチェルバッグに入れて……。

つまり、銃本体を抜弾作業途中で手渡してしまったが故に、お互いに相手がやっていると思い込んでいたのだ。

とはいえ、マガジンを抜いた段階でたきながチャージング・ハンドルを引いて、薬室を空にしておくべきだった。急げ急げで作業していたとはいえ、だ。

戦闘中でもないのに、安全を確認できていない銃を渡すというのは、常識的には褒められたものではない。セレクターがセイフティにあったとしても、だ。

しかも銃の行き先が素人の伊藤だという前提で考えると……これはもう、たきなのミスだ。

それを自覚した途端、自然と口から謝罪が漏れる。

「……………すみません」

「あー、いや、受け取った段階で私も確認してなかったし、こっちのミスでもあったし……………あー……まっ！　怪我人が出なくて良かった！　うん！　……問題はこっからどうするかだな……」

二人は穴の空いた液晶タブレットを触ってみる。電源が入らない上、壁に穴も空いていた。

壁の穴にペンを差し込んでみると、どうやら弾頭はアパートの鉄骨か何かに当たって止まっており、貫通はしなかったようだ。しかし、今はそこに安心している場合ではない。

「……千束、どうします？」

「決まってる」

千束はスマホを取り出し、どこかへとかける。

「あーもしもしもしもしもしもし？　喫茶リコリコのメカニック担当、君に仕事だ。準備して待っていてくれたまえ」

●

千束の小脇に抱えられたクルミが伊藤家にやってきたのは、電話から二〇分後だ。

クルミは面倒臭そうな顔で、液晶タブレットを手に取った。

「すみません、こんな時間に」

「むしろ今はボクの主要活動時間だから、それはいい。だがな、ボクはサイバーが専門でメカニックじゃない」

「おんなじようなもんでしょー？」

千束が、またまたぁ、というように手をひらひらさせながら言う。

「車の製造と運転、同じ技術だと思うならそうだろうな」

ぐぅの音も出なかった。

「ではどうにもできない、という事ですか？」

「いや、データの抽出なら問題ない。側面と裏面のカバー、あと電源周りが死んだだけで、内部のＳＳＤは無傷だしな。というか、これなら中の基盤も大丈夫だし、多分、少し直してやれば起動するんじゃないか。……待ってろ」

クルミは部屋を漁り、押し入れから旧型のパソコンを見つけて分解し始める。吹き飛んだ配線やら何やらを応急的に移植するのだという。

専門ではないと言いつつも、きちんと工具を持って来ている辺りはさすがだと、たきなは感心した。

それからわずか一五分足らずで液晶タブレットは起動した。

確認するとして、クルミは当たり前のようにセキュリティ・ロックを解除し、万が一のためとして、素早く中身のデータを自前のノートＰＣにコピーし始める。

「よーし、後は伊藤先生を起こして仕上げてもらうだけだ！」

「千束、もう夜明けです。急がないと」

「わかってる。……先生、伊藤先生？　起きて、ほら、朝ですよ！　締め切りの朝！」

千束が伊藤の頰をぺちぺちと叩くものの、彼女の寝息は変わらない。

「………………全然ダメじゃないですか」

「死んだように眠っているな……」

「さっき寝かしつけるときに、千束、延髄でも打ちました?」

「やるわけねぇだろ。ヘタしたら死んじゃうじゃん。……伊藤先生! 締め切り! ね、ほら、しぃめぇきぃりぃ!!」

ベッドの伊藤は相変わらず寝息を立て続けている。果たしてリコリコに来る前段階で、何日寝ていなかったのだろうか。

たきなはやむを得ないとして、伊藤の足をつかむとシーツでも剝ぐようにしてベッドから引きずり下ろす。

「わ、たきなったら、大胆!」

「仕方ないじゃないですか」

どんなに深い眠りでも、人間は落下などの感覚や体位が大きく変化すると本能的に目が覚めるものだ。

「うぅ……今、何時……?」

「夜明けですよ、伊藤先生、ホラ、もう朝、ね、朝!」

「……んぐー……」

「……ダメですね……」

「おい、折角ボクが出張ってやったんだ。無駄にするな」

「胴上げみたいに頭上まで上げて、一気に落としたりします?」

「死んじゃうって！」

「じゃ、どうします？」

千束が腕を組み、眉根を寄せる。

「あーもうーやむを得ん。……ちょっと待ってて」

千束がスマホを手に取り、どこぞへとコール。

「あ、先生？　うん、まだ伊藤先生のトコ。で……お願いッ！　めちゃめちゃ濃いコーヒー淹れて！　目が覚めるようなの！　……うん、ん、ん、あ、ホント、良かったあ、お願い！」

スマホを切った千束は、額を拭った。

「ミッションコンプリート」

「いやまだ危機を脱していませんよ。それに、店長、まだお店にいたんですか？」

「んー、ほら、深夜に私達の仕事があったから待ってたんじゃない？」

何とも心配性だ。というより、これはもう過保護だ、というべきだろう。

たきな達は伊藤の家に泊まっていく準備までしていたのに、店で帰りを待つとは。

しかしながら……千束はきっとミカが店で待っているはずだと明らかに確信した上でコールしている。

まるで親子だ。親の無償の愛と、それがあると無条件で信じる子供のような……と、たきなは二人の関係性に思いを馳せそうになるも、よくよく考えたらさっきクルミを連れてくるために千束は店に戻っていた。そこでミカがまだいるのを確認していたのだろう。

　真相がわかれば、結局そんなものか、という感じがたきなにはした。

　そうして幾ばくか、保温水筒に特製コーヒーを入れたミカが現れた。

　早速千束が伊藤を叩き起こし、意識朦朧としている彼女の鼻をつまみ、開いた口に素早くそれを流し込んでいく。

「……何と言うか、拷問みたいな光景ですね」

　ミカは心外そうな顔でたきなを見た。

「味は確かだぞ」

「そういう問題ですか？」

　違うわな、とクルミがボヤいた。

　何にしてもコーヒーの力で目覚めてくれれば、とたきなも期待していたら……伊藤はしっかりと目を覚ました。

　味ではなく、温度で、だが。

　伊藤は「あっつぁ!?」と叫んでのたうち回りながら、覚醒した。

　多分、口の中はベロベロだろう。

　たきなにはミカの苦々しい顔が印象的だったが、今回はやむを得ない。覚醒という目的のために、コーヒーは犠牲になったのだ。

……まぁ、これなら普通のお湯で良かった、というのは、今更ながらにたきなも思う。

何はともあれ、伊藤は何とか覚醒し、半壊した液晶タブレットで作業を再開。

とりあえず、伊藤には夢を見ていたと思い込ませ、現実では重い金属製ＡＫのモデルガンを落としたせいで、液晶タブレットが壊れ、ショックで伊藤は倒れた……という設定になった。

「伊藤先生、頑張れぇ！　頑張れぇ～！　フレーフレー　い・と・うっ！　フレッフレッ伊藤！　フレッフレッ伊藤ぉ～！」

千束が押し入れで見つけたメガホンを両手に持って振り回し、その脇でクルミが「お～」とこちらもメガホンを掲げていた。

ここまでくるともはや邪魔をしているようなものだが、伊藤が何も言わないのでたきなもまた黙って、ミカと一緒にちゃぶ台に着いていた。

「くっ……ここまで応援されて、間に合わないわけにはいかない……頑張るしかない……でも、時間が……くぅ！」

「正確な締め切りは何時なんですか？」

たきなは時計を見る。

すでに時刻は午前九時半、普通の会社ならばそろそろ動き出しておかしくない頃合いだ。

「昨夜……だけど、正確には今日、担当さんが出社するまでね。これまでの経験からすると一〇時ぐらいだったはず」

重役出社だな、とミカ。

出版界ってそんなもんらしいよ先生、と千束。

「ったく、世話が焼ける。担当編集の通勤手段はなんだ？」

クルミが工具と共に持って来ていたノートＰＣを開く。

「え……？　愛車で出勤してたはずだけど……何で？　クルミちゃん」

クルミは担当編集の名前と携帯番号を尋ねると、ノートＰＣを高速で叩いていく。

「手を止めるな、作業を続けてろ。……ふむ、確認した。今日は電車で出勤してもらおう」

それ以上は何も言わなかったが、クルミは車をハッキングするつもりなのだろう。普通に考えれば不可能だが、彼女なら容易くやってのけるはずだ。

これでさらに時間を稼げる。

「どれ、それなら全員分のコーヒーでも淹れようか」

「お店に戻るんですか？」

「実はこんなこともあろうかと、道具と粉を持ってきてる」

さっすが先生～、と千束が歓声を上げる。

「これは応援、頑張らないと！」

千束の言葉に続いて、「おー」とクルミがキーを叩きながら言った。

「まさに、喫茶リコリコの総力戦ですね」

たきなの感想に、メンバー全員が〝うむ〟とばかりに頷く。

だが、とクルミが首を捻る。

「……これ、報酬はどうなるんだ？」

クルミの頭を、千束がポンポンと叩いた。

「野暮なことは言わないの。お手伝いお手伝い」

ファミレスのランチぐらいなら奢ってもらえるさ、とミカが小声で言った。

「何だか……大変な仕事でしたね。割にも合わない。これなら普段のリコリスの仕事の方がずっと――」

でもさ、と千束が笑顔でたきなを見やった。

「楽しいのはどっち？」

楽しいかどうかだけで仕事はするものじゃない。それぐらいたきなにだってわかっている。

けれど……。

「……辛いのはこっちですね」

「楽しい方を聞いてんだよー」

「わかりません」

「わかるだろー、自分の事だぞー」

それから一時間後、原稿は完成した。

愛車が壊れたと嘆く担当編集に、できたてほやほやの原稿は無事に提出されたのだった。

一同は喜び、さすがに疲れたとして報酬は後日となり、ひとまずの解散となった。


そして、丁度その頃。

喫茶リコリコではミズキによる地獄のワンオペ営業が始まっていたが……それはまた、別のお話。

――お前は犬だ。

そんな言葉で水川コウスケは同じ組の人間から表現されていた。理由は知らない。

いわゆる半グレや不良などに関わる事なく、かといって極道などというものに憧れもせずに業界に入ってしまった経緯を言っているのかもしれない。

少し変わった喧嘩の仕方をしていたら、とあるヤクザにたしなめられ、そのまま彼の舎弟になったのだが……それがまさに野良犬を拾うかのような流れだというのは水川自身わからないでもなかった。

少なくとも見た目ではないだろう。一応はヤクザ者でありながら学生が買うような安物の眼鏡をかけ、威圧感の欠片もないインテリ染みた中性的な顔、さらには細身長身かつ猫背の二二歳だった。外見に犬の要素はないはずだ。

国が国なら犬というのは中傷に当たる表現らしいが、ここは日本だ。そこまで悪いイメージはない。〝犬だ〟と言われれば〝そうなのか〟と少しばかり思うだけである。

もしかしたら、そんな様子を犬だと表されたのかもしれない。

わからない。

わからない事は考えない、それが水川の生き方でもある。

難しい事をあれこれ考えるより、目の前にあるやるべき事をやる。そういう行動ができる男だった。

だから、それもまた、水川にとっては自然な流れでしかなかった。

たしなめ、わめき、怒鳴り……そして、痛めつけてでも止めようとした組員一五人、立ち塞がった彼ら全てを水川は特殊警棒一本で返り討ちにしていた。

悪いとは思っている。彼らが自分のため、組のためを思っているのだというのは水川にもわかっている。たとえ臆病風に吹かれ、事なかれ主義に支配されたクズだとしても、だ。

だが、それで水川を止められはしないのだ。

「失礼します」

中からの応答を待たずに、水川はふすまを開けた。

座敷に敷かれた布団の上に、半身を起こしている七〇にもなろうかという坊主頭の老人がいた。組長――オヤジである。手には刀があったが鞘に収まったままだ。

数秒、見つめ合った。

壁に掛けられた時計の振り子の音がやけに響く。ちらりと見やれば午後一一時を過ぎていた。

……あまり余裕はない。

水川はオヤジの脇に膝を突く。

「おわかりかと思いますが、征きます。虎の子をいただきに上がりました」

オヤジはため息と共に掛け布団の下から足を抜き、刀を脇に置いてあぐらを組むと、水川と真っ直ぐに向かい合った。

かつては武闘派だったと話には聞いていたが、水川の目の前にいるのは病院に毎日陳列される死にかけの老人達とさほど差があるように思えなかった。枯れ木のよう、という表現が嫌になるほど似合っている。

この数年間は心臓を患っていると聞いているが、それが原因なのかもしれない。

「どうしても、征くのか」

「征かぬ理由がありませんので」

「どうしても、持って、征くのか」

「それが自分のやり方なので」

そうだったな、と、オヤジは腕を組んで天井を見上げた。

「そう、それがお前だ、水川。……変な野良犬がいる、おもしろい奴だ、うちの番犬にしたい……岡田がそう言って連れてきたんだものな」

六年前の話だろう。水川が組に入った時だ。

水川の喧嘩の仕方は喧嘩ではなかった。〝殺し〟である。

ガンを付けるような事もせず、怒鳴りもせず、見栄を張る事なく、初手で殺しに行く。殺せないとなれば生涯回復できない怪我を狙う。眼球を潰し、鼻や耳を削ぎ、指を嚙み切り、玉を潰す……それが水川のやり方だった。

　十代後半にグンと身長が伸びるまで、水川が荒れた世界を渡り歩くには、もはやその手法しかなかったのだ。

　落とし所を探りながらの喧嘩など、じゃれ合いだ。強者かバカのやり方だと思っている。

　だから、初手に全てを賭ける、そんなやり方になった。そして、それは今も変わっていない。

　だから来たのだ。オヤジの屋敷に上がり込み、兄貴分だろうが若いモンだろうが、何だろうが邪魔する全てを払いのけ、初手に賭けるために、来たのだ。

「それが、こうなるか。いや、こうなるんだろうな」

「はい」

「だが、おれはお前を止めにゃぁならん」

「でしょうね。組の今後のためにも。……あまり時間はありませんが絶縁、お願いします」

「意味ねぇだろ。アレを持ち出された日にゃ組は終わりだ」

「……迷惑かけます。全てはアニキのためです」

「アニキアニキと、お前は岡田のバカをよく慕う。それはいい。……だが、もう少し賢くやれんのか」

「アニキの命取られたの忘れて、ゲーム屋で変わらず用心棒やるのが賢いとは思えません」

　ゲーム屋とは、組が経営している闇カジノだ。岡田が仕切っていた。

水川はその弱々しい見た目もあり、用心棒としては役立たずで、もっぱら雑用係をこなしていた。だが、ある時、酷いイカサマをした客の指四本をその場で問答無用で切り落とした一件があり、これによって名が知られた。

特に、隣が偶然にも病院だった事に加え、切れ味が良すぎて切り飛ばした四本の指が綺麗に手術でくっついた、というオチが話を広げた。

これにより、彼がいるだけで客はもちろん、ディーラーでさえもイカサマをする気を失せさせる効果をもたらしていた。組の利益がどうだの何だの、水川にはわからない。ただ自分の仕事をこなすだけ。そういう男だというのは知られていたからだ。

だから、闇でありながら公平という不思議なカジノの評判はうなぎ登りであった。

「お前は確かに野良犬から番犬になった。だが、組の番犬じゃねぇんだよな。岡田の番犬だ。……わかっちゃいたんだが」

「ただの汚ねぇ犬ですよ。番犬なんてかわいげのある立派なモンじゃないです」

「岡田はお前をかわいがっただろ」

「まぁ……そうですね」

岡田との出会いは六年前。

陰気で弱い日本人と見て襲ってきた外国マフィアの四人、これを返り討ちにしている十代の水川を岡田が発見したのが全ての始まりだった。

死体の処理を請け負い、念のためにと半月も身柄を匿ってくれた恩義、それを返すために水川は岡田の舎弟となったのだ。

だから、極道の世界に憧れがあるわけでも、組に何かしらの想いがあるわけでもなかった。

全ては岡田のためでしかない。

岡田が喜ぶ事なら何でもした。

岡田が嫌う事は全てを払った。

だから、岡田は水川をかわいがった。

かわいがられたから、岡田のために働き続けようと思った。

全ては自然な流れだと、水川自身は思っている。

「岡田がやられたのは、半ば事故だ。相手の組とは今、手打ちを進めてる。……まぁ、そう言っても止められんな」

「はい。若頭が動いているのは知ってます。ですが、それに意味があるとは思えません」

シマの取り合いで、揉めた。相手が威嚇でドスを取り出したタイミングと、岡田が殴りかかろうとしたタイミングが被ってしまったために事故が起こった。

岡田は喧嘩仕込みのため、スマートな殴り方をしない。体ごと行く。だから刃物がそこにあれば、自らぶすりと刺さりに行くような動きになってしまうのは水川にもわかっている。

だが、そこに相手の殺意がなかったとは言えない。刃物を出した以上は相手か自分のどちらする恐れから抜いたのだとしても、だ。

かが死ぬまでやる覚悟だっただろう。仮にそれがガタイのいい岡田が殴りかかってきた事に対する恐れから抜いたのだとしても、だ。


何より、どんな経緯があろうが、やられた事に変わりはない。

なら、やるべき事をやるだけだ。

「岡田の最期の言葉、聞いてるか」

「帰ってきたらラーメン喰いに行くぞ、と」

「バカ。それはお前が最後に聞いた岡田の言葉だろ」

「……そうですね」

こういう時に学のなさが出る。水川は自分の事ながら呆れそうになりつつ、オヤジから時計に目を移す。この会話にあまり時間をかけたくはない。

水川が動いたと知れれば、岡田を殺した相手——伊集院も対策を取るだろう。金庫から道具を出すぐらいならまだいいが、海外に逃げられるとさすがに追えなくなる。

「アイツはな、水川、最期にお前の名前を呼んだんだ」

きっと、水川が復讐しに来るぞ、というような事を伊集院に吐き捨てたのだろう。

もしくは、自分に「やれ」という命令か。

やるさ。やってやる。何を言われずとも、やってやる。

「オヤジ、雑談は終わりにしましょう。そろそろ……」

背筋が凍る、という言葉の意味を水川は初めて知った。

視線を時計からオヤジに戻したと同時に気が付いた。あぐらだったはずのオヤジの姿が、正座に変わっていたのだ。

ただそれだけ。そう言ってしまえば、それだけだ。

だが、普通正座からあぐらに崩す事はあっても、その逆はない。

何より、オヤジが動いたという音も気配もなかったというのが、水川の本能を刺激した。

――来る。

それは勘、だが、確信だった。

膝を突いていた水川はその場で跳び上がった。その下を、白刃が抜けていく。

正座からの居合い。恐ろしく速い。

「普通、立つか退くかだろうが」

片膝立ちになっていたオヤジは、水川に刀を向けつつ、ゆっくりと立ち上がった。

「膝突いてたところから跳ぶかよ、普通。どんな体してやがる」

水川は畳に落ちると即座にその場からさらに飛ぶようにして距離を取っていたが、オヤジに合わせるようにしてこちらもゆっくりと立つ。その際、未だ己の体に足がくっついている事が奇跡のように思えた。

斬り飛ばされていておかしくなかった。足は無論、首でさえも、だ。

「……何故(なぜ)、殺さなかったんです？」

水川(みずかわ)が時計を見上げる一瞬で斬れたはずだ。

だが、今のオヤジの動きは、水川(みずかわ)が状況に気が付くまで待っていたかのようだった。

「足を斬ってやろうと思ったのさ」

ビビって立ち上がったところを払うようにして足を斬るつもりだったのか。

居合いは所詮片手、それも正座からのそれともなれば腰が入らない以上、骨までは断てないだろう。

「……ありがとうございます」

あくまで殺したくない、というオヤジの優しさか。それとも甘さか、臆病さか。

恐らく最後だろう。死体の処理をするのも金がかかるし、何より警察の介入がある今の状況で新たな死体を抱えたくはないはずだ。

歴史ある組ではあるが、組員が他の組に殺され、水川(みずかわ)という鉄砲玉が暴走し始めたこの非常事態にありながら、オヤジの屋敷(やしき)に詰めているのがたった一〇人そこらの時点からもわかるように、今や警察、海外勢力に押され、かつての力は持ち得ていない。いくらでも死体を処理できた過去とは違うのだ。

ゆっくりと消えていく、そんなものを後生大事に抱えていて何の意味があるのか。ならばいっそ、らしく花と散った方が良(い)いではないか。

そんな説得も脳裏をかすめたが、水川の口は言葉を紡ぎはしない。

向けられている刀の切っ先が黙らせているというのもあるが、それ以上に人の説得など自分には向いていない、そう思った。

所詮自分は大人しく与えられたエサを喰らい、必要とあらば牙を立てる、それだけの犬なのだ。言葉を語るのは、らしくない。そして何より、できはしない。

それを思えば焦りは薄れ、頭が冷め、刀の切っ先の圧も感じなくなっていく。

ここで死ぬ訳にはいかないが、オヤジの腕の細さとここが室内である事を意識すれば、何とかなるだろうという気にはなる。

狭い室内で刀を振り回すのは難しい。天井の高さから頭上への振り上げはまずできない。横薙ぎも同様だ。自然と〝突き〟に軸を置いて、細かく使うしかない。細かく使うなら膂力がなければ重傷は負わせられない。

ならば恐いのは突きのみ。そしてそれだけわかっていれば対処のしようもある。

喰らうとしても一撃。しかも致命傷には至らない。それと引き換えに、自分はオヤジを殺せるだろう。

武器はなくてもいい。素手で首をへし折れる。

「……チッ、餌付けぐらいしとくべきだったな」

オヤジが刀を畳に深く突き刺すと、手を離してその場にあぐらで座った。

「どうしてです？」

「おれにはお前を止められん。なら、やるだけ無駄死にじゃねぇか」

どうやら本気らしい。

水川も警戒を解いて、頭を下げた。そして、寝室の隅にある畳を剝がすと、床板を蹴り壊す。

「バカ！　その板は打ち付けてねぇんだ！　手で外れる！」

もうすでに一部を破壊していた。水川はオヤジに会釈するようにして、すみません、と小さく頭を下げた。

床板を剝がすと、そこには大型の金庫が倒れた状態で置かれていた。つまり、扉が上を向いた状態で床下に設置してあるのだ。

解錠のナンバーもわかっている。

「岡田の野郎、何でもかんでも喋りやがって」

「万が一のためです。そして、それは無駄じゃなかった」

解錠。重い扉を持ち上げるようにして開くと、中には札束やら小難しい書類やらがビニールに密閉されて入っていたが、そんなものは水川にはどうでも良かった。

金庫の一番底にあるものが、目当てだった。

「バラしてあるんですね」

「まんまじゃ金庫に入らねぇからな。悪いが、組み立て方はおれぁ知らんぞ」

「自分が知ってます。大丈夫です」

「……チッ」

密閉された袋を引き上げれば、乾燥剤と共に収まる大量のライフル弾。そして分解された状態のＡＫ47(アサルトライフル)だった。

水川(みずかわ)が知りうる限り、この組にはこれ以上の武器はない。初手で全力を賭けるには、これが必要だった。

ＡＫは四丁分がそれぞれ個別にパックされていたが、一つで十分だったので、残りはまた金庫の中に戻した。

「処分しておくんだったよ。このご時世にそんなもんは必要ない」

「武器を必要としない時世なんて、ありはしませんよ」

水川(みずかわ)は求めていたものを両手に抱えると、オヤジに一礼してから、部屋を後にした。

目上の人に頭を下げる事を教えてくれたのも、岡田(アニキ)だったな、と、水川(みずかわ)は思い出す。

●

弾薬は乾燥剤と共に密閉されていたが、ＡＫ本体の方はどろどろのグリス漬けの状態でパックされていた。

サビ対策にしてもかなり酷いが、これを丁寧にクリーニングして、オイルを差しながら組んでいく余裕はない。

大量のボロ布で片っ端から拭い取れるだけ取って、組み上げた。他の銃ならせいぜい一発撃てれば御の字だろうが、ＡＫならこれでも何とか使い物になるはずだ。

本体よりもマガジンのグリス取りに注力した。こちらも内部までグリス漬けだったので、しっかり落とさねば給弾不良を起こすはずだった。

組み上げた後、試しにフルオートで射撃してみる……問題なし。銃のあらゆる隙間から熱で溶けたグリスが吹き出しただけだった。

数年前、海外でレクチャーを受けた時の記憶が頼りだったが、何とかなるものだ。

バカでも扱えなければ軍用銃ではないのだというのをレクチャーの際に聞いた気がする。まともな教育など受けられないまま、出稼ぎで軍に入るような者達は無論だが、長く辛い任務が続いて疲労が限界を超えた兵士でも扱えなければならないためだという。今の水川にとっては、何ともありがたい話だった。

銃は確保した、弾も出た。フルオートでワンマガジン撃ちきれた。

ただ、精度……というよりは照準がおかしい。弾着がかなり左にずれていた。よく見ればフロントのアイアンサイトが目に見えて右に寄っている。

だが、手持ちの工具では対応できないため、こればかりは諦めるしかないだろう。

AKは古い設計で、アイアンサイトの調整には、万力やクランプに似た独自の調整器具が必要だった。そこらの工具で無理矢理やれない事もないが、そうなると微調整は利かない。大雑把に調整し、その度に試射して、ズレを確認して……とやっている時間はなかった。左にずれる、それを頭に入れておけば何とかなるだろう。それで当たらなければ、当たる距離で撃てばいい。

「これでいい」

水川は弾薬を装塡したマガジン七つをショルダーバッグに入れて肩と首を通す。

そしてAKは、マガジンに入りきらなかったバラの弾薬と共にボストンバッグに入れると、これも担ぎ上げた。

AKの組み立てと調整をしていたのは、組に関係のある倉庫の中。しかしアサルトライフルのフルオートだ、音は外に響いたはず。夜中とはいえ、通報される可能性があるため、面倒が起こる前に水川は急ぎそこを車で後にした。

スマホが鳴る。岡田が飼っていた情報屋からだった。

岡田を殺した伊集院の居場所が特定できたようだ。スピーカーフォンにして運転しながら話す。

「……錦糸町？」

『あぁ、そこのクラブで祝勝会だって騒いでいる』

「何で錦糸町なんだ？」

水川達の組、そして伊集院の組のシマも東京の西側だが、錦糸町は東側である。

『アンタが動いてるらしいっつぅから、念のため離れた場所でやってんだろ』

「だが、都内だぜ？」

『あの組がある街でもある』

あの街には、有名な好々爺が治める組があったはずだ。

酒よりコーヒーが好きで、地元の祭では若い者だけなく、自分が出張って出店をやる、変な組長とその組である。

界隈に疎い水川が彼の組を知っているのには、組長のキャラクターとは別の理由がある。

その好々爺には、公的組織と繋がりがある、という噂があるのだ。

一〇年前辺りを境に急激にシノギの形態を変え、活動が穏やかになったのだという。

今では警察はおろか、カタギの人間とのトラブルすらほとんどなくなりながらも、それでも潰れずに平然と存在し続けている不思議な組だった。

そして一〇年前といえば、旧電波塔のあの事故があった。

冗談半分に、あの大事故と組が関係しているという噂すらあり、そこで何かしらの公的組織と繋がったのだとしたら……。そんな話である。闇社会の都市伝説だ。

それを考えるに、伊集院の襲撃時には、店のケツ持ちのチンピラではなく、いきなり武装した警察官が駆けつけてくる可能性も否定できない。

だが、それでもやれるだろう。いや、やれなくともいいのだ。伊集院さえ殺せれば、それで——。

「情報提供に感謝する。そのまま見張っててくれ。動きがあったら連絡を頼む」

『あぁ、任せろ。店の名前は——』

●

車は路上に乗り捨てた。どうせ、これに乗って帰る事はないのだ。

情報屋から聞いた店は、錦糸町の南の外れ。半ば隣町である住吉に入ったような場所にある雑居ビルの八階、最上階だ。

ビルに入る前に辺りを見渡してみたが、何の変哲もない、ごくごく普通の平日の夜の雰囲気である。過度な盛り上がりは無論、警察にせよヤクザにせよ、待ち伏せしている時に漂う、あの嫌な空気の重さもない。

「……なんだ？」

あまりにも普通だった。普通過ぎて、逆に違和感がある。

命が狙われているのを知っているなら、呼べるだけの人間を集めておきそうなものだが……。

水川は情報屋をコール。

『……あぁ、伊集院の奴は変わらず店にいる。女を横に置いて、静かに飲んでるぜ』

「そうか。お前も店内に？　……なら、一ついいか？」

『なんだ？』

「お前、俺を売っちゃいねぇか？」

『…………大丈夫だ、伊集院はいる。それは嘘じゃない。気をつけろ、水川』

電話は切れた。情報屋が普通の状態ではない事だけは、妙な間でわかった。そして、嘘を言っていない、という事も。

恐らく脅されているのだろう。自分をこの店に誘い出すために、だ。

そしてそれを何とかして伝えようとしてきてくれた。感謝しかなかった。

「やってやるさ」

水川はボストンバッグからAKを抜くと、そのバッグ自体はその場に捨てた。まだバラの弾薬が入っていたが、ショルダーバッグの中の七つのマガジン——二一〇発で、弾が足りなくなるとも思えない。

ショルダーバッグからマガジンを一本抜くと、AKに装塡。チャージング・ハンドルを引いて、離す。初弾をチャンバーに送り込んだ。

「征きますよ、アニキ」

閉じ込められるのを防ぐためにエレベーターは使わず、ビルの非常階段を上っていく。

上階を警戒しながらだったが、特に待ち構えている相手はいないようで、スムーズに進んで行く。

誘い込まれている。それを如実(にょじつ)に感じる。だが、それで退いたとて、次の計画があるわけではないし、これから良(い)い考えが浮かぶとも思えない。バカな自分はリスクを承知で、覚悟と銃を抱いて踏み込むしかないのだ。水川(みずかわ)はそう思い定めた。

最上階。右手でＡＫを構えつつ、左手でドアノブを回す。鍵はかかっていない。

開く。薄暗い。穏やかな音楽が聞こえて来る。高そうな芳香剤の匂い。

征く。足を踏み入れる。進む。ＡＫの構えは解かない。ストックを肩に当て、照門ごしの照星を右目で見つつ、左目は広く前の風景を捉える。

全ては静かに、スムーズに。往年のヤクザ映画よろしく怒鳴り込むような事はしない。自分はそうじゃないのだ。わめく必要などこれっぽっちもない。自分を強く見せたいとも思わない。それで満足するような心は持ち合わせていなかった。

「……静か過ぎる」

やはり誘いか。ＢＧＭ以外何も聞こえない。普通なら客なりスタッフなりがいてもいいだろう。

これは、水川(みずかわ)にとって悪い事ばかりではない。

伊集院の顔こそ覚えているが、人混みの中から探して狙って撃つのは一苦労だと思っていた。その逡巡で先手を取られる可能性もある。だから、それらしき人間を片っ端から皆殺しにするつもりでいたが、どうやらそれをする必要はなさそうだ。

いくら水川でも無関係の人間の大量殺戮は望まない。

そのクラブは、ワンフロア丸ごと使っているようだが、そこまで大きなビルでもない。青くライトアップされているバーカウンターに、ソファ席がいくつかあるだけ。その中で最奥の卓に、ようやくの人影があった。

「やっだぁもー、伊集院さんったら～」

如何にも夜の女っぽい服装に身を包んだ女を侍らせ、ソファの背もたれに体重を預けている男――スーツ姿の伊集院。サングラスこそしていたが、間違いない。

「あ、あの人、伊集院さんのおともだ――っとぉぁ!?」

水川に躊躇などなかった。伊集院とわかれば、トリガーを引くだけだった。フルオート。三〇口径のライフル弾、秒間一〇発の連射速度。

伊集院をミンチにした、そう思った。

だが、銃弾は伊集院の脇に弾着したのを始めとして、銃口が暴れ、上方へズレていった。撃ちながら腕の力で押さえ込もうとしたが止められなかった。

照準がひん曲がっているのを失念していた。集中して、しっかり狙い過ぎていたのだ。

そしてAKをフルオートで撃つ時は、本当に破壊したいモノの、若干下から撃てとレクチャーされていた事もまた頭から消えていた。AK47及びそれを元にしたコピー銃はストックの形状から反動で上へ跳ね上がっていきやすいのだ。

伊集院は侍らせていた女に胸元をつかまれ、されるがままに……何なら極めて乱暴に床に引き倒されていた。今も立ち上がろうとしているのは女だけで、伊集院は「ひぃ」とわめきながら身を縮こまらせて震えていた。

「いきなり撃つ奴があるかぁ！　極道だろ⁉　啖呵切れや‼」

伊集院ではない、女が喚いた。

まぁいい、何でもいい。次は外さない。

AKを構え直すも、水川の横合いから強い視線を肌に感じる。バーカウンター。その向こうにいつの間にか黒服のボーイ……いや、ボーイのような格好をした黒髪の少女がハンドガンを構えていた。

「くそッ⁉」

撃たれる前に、水川も床に倒れるようにして飛ぶ。発砲される。腕をかすめた。

床に落ちると同時に、水川はボーイ本体ではなく、彼女の体があるカウンターに向かって横薙ぎに撃ち放つ。わずかに五発しか出なかった。先ほどの伊集院に使いすぎていた。

相手も銃を持ち出している、そしてえらく若いが殺し屋の類か。あの様子からするに、訓練を受けているはずだ。相当にやると考えるべきだった。

ならば動きを止めれば死ぬ。互いの姿を見せ合っての近距離の銃撃戦は、とにかく動くべきだった。特に敵の数が多い場合、静止していると回り込まれ、死へと直結する。

水川はショルダーバッグから新たなマガジンを抜きつつ、転げ回るようにしてソファの後ろへ。

取り出したマガジンでAKに刺さったままの空のマガジンを弾き飛ばし、装塡。チャージング・ハンドルを引く、弾薬をチャンバーに装塡。

照準は右にずれている、撃つ時は若干下から。頭の中で必要な要素を一瞬にして並べて確認。そしてセレクターをフルオートからセミオートに。フルオートは弾切れが早すぎる。リロードの間が嫌だった。

先にバーカウンターのボーイを倒すべきか。ガキだ。だが、油断していい相手ではない。顔を思い出せばそれがわかる。

人に向かって発砲したのに、表情には忌避感も緊張も何もなかった。くだらないフィクションよろしくのサイコ染みた笑みでも浮かべていれば気を許せた。

しかし彼女はまるで壁に取り付けられた明かりのスイッチを入れるように、何の感慨もなくトリガーを引いていた。

完全にそれ用に仕上げられている。彼女を無視して伊集院を殺せる気がしなかった。

「たきなは撃たなくていい。こいつは私がやる」

伊集院が侍らせていた女の声。

あっちも、それか。だが、あちらはまだ、普通に見えたのだが……。

「しかし千束」

「……やるって。それより流れ弾が危ないから、あの人、連れてっちゃって」

たきな、と、千束。

ものの覚えが良くない水川は、人の名前を聞くと心の内で復唱するクセがあった。これもまた岡田に仕込まれた事だった。それぐらい覚えるのが礼儀だ、と。

ボーイ……たきなの方へＡＫを構えながら、水川はソファの陰から立ち上がるようにして、姿を出す。

たきなもまた水川にハンドガンの銃口を向けていたが、片手でラフな構えだ。彼女はもう一方の手でカウンターの上に手をつくと、素早くそこを飛び越える。

水川の体に冷や汗が湧く。たきながカウンターを飛び越える際、水川を捉えていた彼女の瞳と銃口に一切ブレがなかった。それだけと言えばそれだけ。だが、それだけで彼女が受けてきた訓練の質と時間を感じさせた。

「……何だよ、お前」

たきなは答えず、銃口を向け合ったままに厨房へ行くと、拘束された男を引きずり出して来る。例の情報屋だ。猿ぐつわまでされた彼は、水川を見るなり何かを訴えようとしていたが、う～う～唸るばかり。

情報屋はたきなに引きずられ、エレベーターへ。そして、階下へと消えて行った。

水川もまたたきなに向け続けていたAKをようやく下げる。

「さぁて、やろっか。えーっと、水川さん……だっけ？」

千束と呼ばれた女は派手目の窮屈そうな、体のラインの出た薄い服にハイヒールを履いてこそいたが……たきなと同年代のようだ。二十歳前後、いや、ヘタをすると十代かもしれない。

肌が若く、化粧も薄く、夜が似合っていない。

彼女は手にしていたハンドバッグから銃口周りに棘のついたハンドガンを抜く。

「ホステスじゃないとは思っていた」

「あれ、バレてた？」

「……似合ってない」

千束はムスッとすると、髪の毛に隠れるようにあったヘッドセットに手を添えた。

「ミズキぃ、何か批判されてんだけどさぁー、コーディネート失敗し……あ～？　そりゃすみませんねぇ、こちとらまだまだ花の十代なんすわ！　若いんすわ！」

「……あのコーヒー好きの組長が飼っている殺し屋か？」

「え？　あ、組長さん？　違う違う、あの人は単にうちの常連ってだけ。……まぁ、あの人経由で今回の仕事を受けたわけだけど」

「殺し屋は当たりか」

「残念～、それも大外れ」

　では何だ？　伊集院を守る理由は？　何が、どうなっている？

　幾人もの人間と組、その思惑が絡み合っているような気がする。

　わかりそうで、わからない。だから、考えるのはやめた。バカの考え休むに似たり、という言葉もあったような気がする。

　……バカではなく下手の考えだったかもしれない。

「私達の仕事は護衛。殺しは専門外」

　伊集院が金を積んで、例の組長に仲介を頼んだのだろう。

　そして、岡田が殺された直後から独自に行動を開始した水川の居場所をつかめなかったために、彼女らはあえて待ち構えた方がいいと判断したのだろう。

「ま、何にしても伊集院さんを殺したいんなら、まずは私からやりなよ、水川さん」

「そうする」

　伊集院を殺せればそれでいい、自分がどうなろうとも。だから無視して伊集院を狙うべきだというのはわかっている。だが、何故だかわからないが、この女がいる限り阻止されてしまう、そんな気がした。

勘だ。だが、当たるという気もした。それもまた勘だが。

学も経験もない水川が頼りにできるのは、己の生まれ持ったポテンシャルだけ。その中には勘も含まれている。そして少なくともそれでこれまでやってこられた。

千束が小さく笑う。

「いい返事だ、忠犬」

互いに銃口を下げたまま、店の中央で仁王立ちするようにして見合った。

千束は不敵な笑みだ。勝ちを確信しているギャンブラーのような、そんな顔だった。

彼我の距離は八メートル。若干ハンドガンの方が有利な距離か。

水川は左手で眼鏡の位置を直す。

不思議と空気が重くない。

水川が意識して心を抑え込んでいるせいもあるが、それでも体から発せられる圧はある。なのに千束はそれに対抗して来ない。かといって気圧されているわけでもない。まるで風にそよぐ草のように受け流している……いや、受け流すも何も、彼女は何も感じていないのではないかという感覚——ひまわりに向かってシリアスに構えているような、そんなバカげた状況に感じてくる。

潮合いが見いだせない。何だコイツは？　一秒とかからずに殺せそうな気もするのに、どうやっても殺せない相手にも感じる。

千束が仕方ないな、というように、不敵な笑みを苦笑へと変える。

そして、彼女はその細くしなやかな体に、わずかばかりに緊張を走らせた。

「来い」

千束の言葉を切っ掛けに、双方が動く。

水川は腰を落としてＡＫを構え、千束は前進。

千束に誘われたというのはわかった。だが、見合いを続ける気もなかった。ここで、いい。

弾着は左にずれる、それを意識して撃つ。当たらない。照準が右過ぎたか。感覚で即座に調整してもう一発、速射――当たらない。もう一発。もう一発。次々に速射していく。

水川の背に、冷や汗が流れる。

ＡＫは当たらない、そんな事を言う者もいる。だが、大抵は粗雑なコピー銃だったり、ライフリングがなくなるまで使い込まれていたり、整備不良だったり……といったように、本来のＡＫの評価とは別のところに噂の根本原因があったりする。水川の持っているそれとて、アジアで造られたコピー銃だし、組み立ては半ば素人、調整もできていない。

だが、それらをさっ引いたとしても、ストックの付いたライフルで数メートル先の人間を外すのはありえない事だった。普通なら目を閉じていても当たる。

だというのに、千束に弾が当たらない。それどころか、歩いて来る、距離を詰めてくる。

驚愕と共に千束を見つめ、それで真相がわかった。

かわされているのだ。わずかに真っ直ぐではない歩みに加え、体を少しだけ曲げるような、その程度でありながら水川の銃撃を完全にかわしきっている。

　ありえるのか、そんな馬鹿げた事が。

「最初のはさっすがにビビッたよ。アンタの視線と銃口が全然別の所を向いてんだもん。そのAK、照準がひん曲がってんだろ？」

　千束、歩きながら銃を構える。己の顔の前に、銃を寝かせるような構え。チンピラがイキって撃つ時のそれとは違う、そういう構えが存在するのだと一目でわかる安定した構えだった。

「クソッ！」

　当たらない理由はわからない。しかし、かわされているのは間違いない。ならば……狙って当たらないなら、バラ撒いてやる。

水川がAKのセレクターをフルオートに切り替える……と、同時に千束が急激に動いた。

千束、発砲。と同時に身を低くして床を滑るようにして一気に距離を詰めてくる。

水川の左すねに衝撃が走り、蹴り飛ばされたように足が後方へ滑る。

　膝を突きながらも、トリガーを引く。フルオート。AKが縦横無尽に暴れるも、その銃口の先に千束はすでにいない。銃の下、水川の懐に入られた。

　二人の体が密着する距離にまで踏み込みつつも、千束は小さく縮こまった。そして、勢いよく立ち上がるようにして暴れる水川のAKをその肩で跳ね上げる。天井の照明、そしてシャンデリアが弾け飛ぶ。

水川の目前に千束の腹部にて構えられた銃口が来る。獣の口のようなそれ。

このままでは死ぬ、退いても避けても次で死ぬ。それを頭が考えるより先に体は本能に従って動く。

首を曲げて銃口の先から頭を逃がしつつ千束にタックルするようにして、彼女の体に水川は己の上半身をぶつけていく。

耳元で発砲。脳にまで指を突っ込まれたような痛みと衝撃。しかし構っている余裕はない。

「やるっ！」

千束、ステップするようにして半歩後退。だが、まだ水川の手は届く間合い。

膝蹴りが来る。これが水川の顎に入ってしまう。

水川の視界が失せる。だが、意識は繋ぎ止めた。

前に倒れるも、落ちた衝撃で視界が戻る。床。反射的に首を回して見上げる。千束の銃口が自分を見ている。

水川はＡＫから手を離して身を転がす——と、同時に千束が撃った。目の前の床に着弾するも、赤い霧状の粉末が吹き上がった。

「な⁉」

赤い……何だ？　わけがわからない。だが、かわした。生きている。まだ戦える。

水川はソファの陰に飛び込んだ。そして、飛び込めた事で、己の左足がまだ残っている事に気が付いた。

酷い痛みを伴ってはいるが、出血もしていない。目の前に突きつけられた銃口からすると相手の銃は四五口径……モロに着弾しておきながら何故だ？

肩に手をやる。たきなの弾がかすめた箇所の上着は破れ、軽く肉を抉って血を垂らしている。

千束の弾だけ、おかしい。

「実弾じゃねぇのか⁉」

「お、気づいた？　正解。プラスチック・フランジブル弾……まぁ、ゴム弾って感じ？」

左足の骨はまだ生きている。酷く痛むが、痛むだけだ。動ける。

それがわかった途端、水川はソファを力の限りに持ち上げると即座に声の位置を頼りに千束へ向けてぶん投げた。

千束、かわすかと思えば、そのソファの下をスライディングするようにして抜けてくる。予想外のその動きにAKに飛びつこうとしていた水川は反応が遅れた。

千束、尻を滑らせながら銃口を水川に合わせてくる。

かわせない――死ぬ。いや、死なない。あれはゴム弾だ。ならば、死なない。痛いだけだ。

即死しないのなら――。

水川は腹をくくった。

後ろ腰に備えてあった特殊警棒を握り取りつつ、あえて千束へと突進する。

腹部を撃たれる。巨漢に蹴り付けられたような衝撃。だが、無視した。痛みが来る前に決着を付ける。

水川、雄叫びを上げつつ警棒を振り上げる。まだ収縮したままのそれだったが、振り下ろす際の遠心力で自然と伸びる

殴る瞬間まで収縮させたままで、一撃目と同時に伸ばす……水川の得意な攻撃だった。それにより初手が早くなるのと間合いを相手に悟らせない効果があった。

千束、足裏を床に喰らい付かせ、尻を上げつつ二発目を水川のみぞおちに叩き込む。だが、もはや警棒の一撃は止められない。

千束がなおも距離を詰めて来る。その目に、恐怖など欠片もない。全力の警棒による本気の一撃は大の男であっても、筋肉や脂肪を貫いて骨をへし折れる。だというのに……。

たきなといい、千束といい、コイツらはまともじゃない。

再び懐に入られる——それを確信した水川は上半身の振り下ろす動きはそのままに、下半身だけで急激にブレーキをかける。体が〝く〟の字に曲がりながらも、何とか千束との間合いを保つ。

信じられない事に、グン、と千束が加速する。必死に水川が保たんとしたはずの間合いがそれで崩れる。

吐息がかかるほどの距離で、千束が水川を見た。

振り下ろした水川の腕は空振り、その腕は乱暴に千束を抱きしめるようにして彼女の背へと回った。

二人は口付けするかのように見つめ合い……そして、水川の腹部に千束の銃口がねじ込まれる。

千束、発砲。

「お疲れさん」

内臓が叩き潰され、そのインパクトが背中へと抜ける。

水川の体がかすかに浮き上がり、意識と体が切り離されるような感覚。

膝を突く事もなく、枯れ木が倒れるようにして、水川は顔面から床へと落ちていった。

内臓が水川の意思とは関係なく、血反吐を吹き出させる。それに溺れかけるも、体は自然と首を横に曲げて空気を吸う。

意識は、かろうじて保っていた。だが、やはり体は何も動かず、内臓を潰されたような痛みと吐き気、そして息苦しさだけが怒濤のように押し寄せてくる。

「お、終わったのか……!?」

伊集院だった。よろよろとした動きで、おっかなビックリというように、近寄って来て、水川を覗き込む。

「ええ、さすがにもう立てないと思いますよ」

千束が軽く言うと、ヘッドセットに手を当て、どこぞの相手へと喋りかけていた。バックアップメンバーか、それとも先ほどのたきなか。

「へっ、岡田の子飼いの鉄砲玉め。いい気味だ。あれは事故よ、手打ちの話もつこうって時に。……まったく、困った野郎だぜ」

伊集院が懐からドスを取り出す。鞘を払うと、刀身には赤い汚れ。岡田を刺したドスか。

アニキと同じドスで殺される……それは悪くない。嬉しくすらある。

だが、伊集院、コイツをそのまま生かしておく事だけはできなかった。

何があっても。

覚悟を決めた瞬間、先ほどまで他人のようであった体の感覚が猛烈な痛みを引き連れて戻ってくる。指先が、動く。

ドスが来た瞬間に、それを奪って伊集院も道連れにしてやる。何なら体に突き立ててくれた方が奪いやすい。いいぞ、そうだ、それでやってやる。水川は決めた。

体がどこまで動くかはわからない。だが、ここで動かなければそれこそクソだ。体は動くはずだ。動かせるはずだ。何としてでも動かすのだ。

やれる。やってやる。全てはこの刻のためにあったのだ。

「水川だっけか？」

伊集院に胸ぐらをつかまれると、力尽くで引っ張り上げられ、膝立ちにさせられた。ドスの切っ先が水川の腹に向けられる。

「あの世で岡田と乳繰り合ってろや」

水川の口元に笑みが湧く。突き刺された瞬間にその腕をつかみ、奪い取り、そして伊集院の首をかっさばいてやる。

「死――‼」

伊集院の声は途中で銃声にかき消された。

水川の目の前で、彼の側頭部に赤い花が咲いたように見えた――千東のゴム弾。プラスチック・フランジブル弾だ。

伊集院の頭が直角になる勢いで曲がり、そのまま横へ、水川を引き連れながら倒れていく。

床に落ちてなお、水川はわけがわからず、白目を剥いている伊集院の顔を見ていた。

コツ、コツと落ち着いた音を立てて千東が近づいて来ると、ヒールのつま先で伊集院を蹴り付け、彼を仰向けにする。千東がそれに跨がるようにして立った。

そして、何ら躊躇いなく撃った。伊集院のみぞおちに赤い花。

「……な、なんで……」

水川の口から、疑問が声となって溢れた。

千東は「ん？」という顔で、水川を見下ろす。

「言ったはずだよ。私達の仕事は護衛だって」

スライドオープンした銃を手に、千束が微笑む。

「私達が受けた依頼は、水川コウスケを守ること」

何を言われているか、水川は最初、わからなかった。

千束が語るには、依頼主はオヤジだという。

水川がAKを組み立てているわずかな間に全てが仕組まれたようだ。

そして案の定、移動を続けていた水川を無理矢理追跡して、突発的な戦闘になるのは避けたい、ならばと伊集院の身柄を先に押さえ、情報屋を利用して水川を誘い出したというのが真相らしかった。

そして、今更になって考えてみれば、水川を犬と呼ぶのは自分の組の人間だけ。そして千束は戦いを始める直前に、水川を忠犬と呼んでいた。

気づくチャンスはあったのだ。

「復讐したいってのはわかるけど、殺しはダメだよ。問題が大きくなって、水川さんも狙われる。アンタのところの組長さんはそれだけは避けたかったみたい」

今の組に抗争をやれる余裕があるとは思えない。何より、老い先短いオヤジは穏便に人生を終えたいのだろう。

「結局……どいつもこいつも保身だのなんだの……日和見のクソ共ばかりだ……」

どうかな、と千束がやけに優しく微笑んだ。

「アニキさんの最期の言葉は聞いてる？　〝水川を……〟だってさ」

「俺……〝を〟……？」

「水川を止めろ、って言いたかったんだと思うって、アンタの組長さんが言ってた。事故でくたばるのに、自分の命を使ってまで敵討ちなんかするんじゃねぇよって、言いたかったんじゃない？」

「……そんなの」

「わかるわけない。けど、そう思ったら、命懸けで敵討ちしようって気、少しは薄れないかな」

千束、と、たきなが現れる。どこぞで着替えたのか、学生服姿だ。ボーイの黒服より、はるかに似合っていた。

彼女は水川の捨てたAKを拾い上げる。

「水川コウスケの身柄を確保した以上、この仕事はおしまいです。無駄話はもう――」

千束はたきなに微笑みかけ、その視線だけで黙らせた。

「……飼い主が望むのは犬の幸せだけだよ。自分のために死んで欲しいなんて絶対に思わない。それは保証するよ」

それだけ言うと、千束はバイバイと手を振りながら、たきなと共にフロアを出て行ってしま

った。

場には、床に突き刺さったドスと男と……犬が一匹だけ。

水川は壊れたマリオネットのようなギクシャクした動きで、呻きながら半身を起こす。確実に内臓や肋の骨が何本かやられていたが、まだ動ける。

這いつくばりながらドスに手を伸ばし、握り取った。

あとはこれを――。

「……俺は、犬か」

犬なら躾けられた事を守るべきだ。

そして、岡田は殺し方など一度も水川に教えた事はなかった。

不器用な水川に岡田が躾けた事……それは全て人間としての生き方ばかり。

「俺は……どうしたらいい」

答えてくれる者はもう誰も――。

「……おい、水川」

顔を上げれば、オヤジがエレベーターから降りて来るところだった。ここ最近ではまず見る事のなかった背広姿である。

「生きているな」

「……はい」

オヤジは倒れている伊集院に気が付くと、躊躇なく股間を踏み潰した。伊集院が声なき悲鳴を上げ、股間を押さえて痙攣する。

「さっきの小娘がやったって事にしておこうぜ」

オヤジはニヤリと笑って見せると、今来た道を戻っていく。

「帰るぞ、水川」

長い沈黙の果てに、水川は「はい」と応じた。

■第三話『Cough』

土曜日、一七時過ぎの喫茶リコリコ。

カフェとしては忙しさのピークが一段落した……そんな頃合いに、それは起こった。

とてもとても些細な出来事だといえなくもない、それ。

しかし、決定的にも感じる、それ。

――ゴホッ。

井ノ上たきなはその何気ない音を聞き漏らしはしなかった。

かすかに水気をはらんだ――咳。そして、咳の後に〝んんっ〟と喉を鳴らす音。つまりは、気管支の違和感がある時のそれである。

より具体的に言えば、風邪を引いた時の〝ゴホッ〟だ。

たきなは、店内中央で視線を巡らせ、その音源を探す。

まばらな客と店員……。

中二階となっているテーブル席にいるカップルと老夫婦の二組、厨房で皿を洗うミカ、パフェをデコレーションしているミズキ。

座敷席で常連客の作家・米岡のノートPCがクラッシュし、放心状態になっていたのを見かねてマシンの復旧及びデータのサルベージをしてあげているクルミ、カウンター席でコーヒーをする常連客、刑事の阿部(あべ)。

そして……トイレ帰りで奥から出てきた千束(ちさと)。

彼女の右手は喉を押さえ、〝あれぇ？〟という顔で上を見上げていた。

咳(せき)を発した犯人は考えるまでもなかった。

「おやぁ千束(ちさと)ちゃん、風邪かい？」

刑事の阿部(あべ)がコーヒーカップ片手に、ほがらかに尋ねた。

「いやぁー、どうでしょう？　大丈夫だと思うんですけどねー」

千束(ちさと)は軽く言って、えへへー、と笑った。

「そうそう、バカは風邪引かないって言うしねー。……はい、期間限定キウイパフェお待ち！」

阿部(あべ)の下へミズキがパフェを持ってくると、ほがらかだった中年の笑顔が子供のそれになる。

「自己紹介か、ミズキ」

クルミが米岡(よねおか)のノートPCからSSDを取り外しながら、笑った。

ミズキが何やらわめき出したが、いつものようにうるさいだけの中身のない会話なのは目に見えていたので、たきなはそちらを無視し、千束(ちさと)へと向かった。

「千束(ちさと)。いつからそんな感じですか？」

「いつからって……まぁ、今日朝起きたらちょーっと違和感あるかなー、って感じ？」

大丈夫か、と厨房の奥からミカが出てくる。

「山岸先生に看てもらうか？　電話すればまだこの時間でも開けてもらえるだろう」

たきなの知らない〝先生〟が出てきたが、状況的にかかりつけ医だと当たりを付けた。

「えぇー、みんな大げさ！　全然そういうんじゃないって」

「そうは言うがな。……お前の場合、万が一ということもある」

ミカは眉を八の字にして、困ったような顔をする。まるで駄々をこねる小さな子供を相手にするかのようだ。

相変わらず千束には過保護な人だと、たきなは思う。

「大丈夫だぁってぇ。それにほら、今夜はゲーム会だし！　だから……」

「ダメですね」

たきなは二人の会話に割り込むと、背後から千束の両肩をつかみ、店内から奥——従業員が着替えなどをするロッカールームへ向けてグイグイ押し込んでいく。

「千束、まず裏へ行きましょう。部屋にお布団敷くので、そこで寝てください。さぁ、ほら、早く」

「わっ、ととと……大丈夫だって、たきな、そんな強引……あの、たきなさん？　元気だって、ちょっと喉がアレな感じになっただけで……」

「ダメです。休んでください」

ロッカールームに半ば無理矢理に押し込んで行ったところで、千束は「ははぁーん？」と口にして振り返る。肩に置いていたたきなの手が外されてしまう。

「そんなに千束さんのことが心配なわけだ？」

ドヤ顔でたきなの鼻先を〝ちょん〟と人差し指でクリックする千束を、たきなは冷めた目で見やった。

「心配はしてません」

「え、じゃぁ……なに？」

「迷惑なだけです。喫茶リコリコは飲食店です。体調不良の店員を働かせておけるわけないじゃないですか」

「あ、そういう……」

「ですから、裏で休んでいてください」

「……へーい」

「それとも帰りますか？　一人で帰れます？」

「それはちょっと……夜のゲーム会に出たいし……」

「だったら大人しく休む。あと、その服も脱いでください」

たきなは雑多なものが放り込まれているロッカールームの棚を漁る。

「お泊まりセット、ありましたよね？　これですか？　これですね。……ほら、早く脱いで、寝間着に着替えて。休む以上しっかり休むんです。ほら、早く」

「……なんかやり口がスパルタ…………スパルたきな……」

「は？」

「何でもねぇです」

「ではさっさと着替えてください」

たきなに急かされ、千束はいそいそとリコリコの和装制服からお泊まりセットの中にあったパジャマへと着替えていく。

その間にたきなは素早く店の奥にある和室に布団を敷いた。

「え、なに？」

「はい、ここに寝てください。夜までに体調が戻らなければ……って、千束、顔色……」

パジャマ姿となり、サイドの髪留めも外して和室にやってきた千束の顔をたきなは見つめた。布団で寝るとなったために、メイクを落としたせいか、顔がほんのり赤いように見えるのだが……。

たきなはペチっと千束の額に右手を当て、左手を自分の額に当てる。

「……熱い……ような気がします」

「え？」

「帰ります？」

「いやいやいや、気にしすぎだって。あ、ほら、今、着替えをたきなに見られて、恥ずかしーって感じで体温が！」

「見てませんし」

千束は「うーむ」と顔を伏せて腕組みをし、しばし何か反論を考えているようだったが……結局何も出てこなかったのか、がっくりと肩を落とす。

「……少し寝れば治るよ」

ようやく体調不良を認めたようだ。

「そうかもしれませんね。さぁ、何にしてもまずは横になって休んでください」

たきなは敷いた布団の傍らに膝をつくと、掛け布団を斜めに三角形になるようめくり、敷き布団をトントンと叩く。

千束はそれに大人しく従って横になった。

「体調不良になるようなこと、何かしたんですか？」

千束に掛け布団をかけつつ、たきなは尋ねた。

「別に、何も？」

「裸で寝てたとか」

「セクスィ〜」

「拾い食いしたとか」

「私や野良犬か」

「そういえば野良犬って、普通に言葉で使いますけど、実際には見たことないですね」

「都内じゃいても迷子犬ぐらいだよね。野良は治安維持とか狂犬病対策やらのせいで、駆除されちゃっててさ。戦後とか特に」

「野良猫は多いんですけどね」

「犬差別だ」

「犬が徘徊している方がいいんですか？」

「そういうわけじゃないけど。でも猫だって狂犬病にかかるのになって」

「あ、そうなんですか。てっきり犬と人間だけかと」

「ねー、名前のせいでそう思うよねー」

実際には哺乳類全般に感染するらしいが、人間の生活に近く、意図せず傷つけられる——感染させられやすかったのが犬だったせいじゃないかな、と千束が教えてくれる。

言われてみれば野良猫は近寄ってきていきなり手を噛んだりはしないだろう。むしろ触ろうとしても逃げていくのが大半である。

「でもま、野良犬の駆逐と狂犬病ワクチンのおかげで、日本は安全に暮らせるようにはなったんだけどね。人間だけでなく、ペットの犬とかも」

「野良の話はどうでもいいのでここまでで」

「たきながノセたんじゃーん」

「広げたのは千束(ちさと)です」

「だいたい海外じゃ狂犬病はまだまだ悪い意味でメジャーなんだから、大事な話だよ？」

「リコリスはみんな定期的に混合ワクチン打ってるじゃないですか」

日本国内で生まれれば、子供は基本無料で打てるワクチンの類に加えて、リコリスは外国からの犯罪者などと接触が少なくないため、かなりの数のワクチンを幼少期から打たれている。

それで体調を崩す子供も少なくないが、これは必要な措置であった。

密入国する者達が検疫などクリアしているわけもないが、リコリスは近距離での発砲を主とするため、どうしても彼らの返り血をその身に浴びやすいのだ。

「あー自分さえ良ければいいって考え方は良くないぞ。感染症ってのは、みんなで対処しないといけないんだよ」

「わかりましたから、早く休んでください」

「へーい。……あー、布団(ふとん)で寝るの二日ぶり」

「……あ、そうか、そういえば二日ぶりか」

「は？」

「どういう意味です？」

「ほら、一昨日？　仕事っていうか伊藤(いとう)先生に付き合って朝……っていうか昼ぐらいまでいろいろやってたじゃん？」

「やってましたね。ですがその後は解散して各々帰宅して休みを……千束、休まなかったんですか？」

千束、てへへ、と寝ながら妙な笑みを浮かべる。

「そのまま映画館、行っちゃった」

「……で？」

「映画終わりで何にも考えてなかったらさ、クセでお店まで来ちゃって。そうしたらワンオペでゾンビみたいになってたミズキに捕まっちゃってさぁ。夜まで働いてた」

「……で？」

「さっすがに疲れちゃって。帰宅したら、そのまま服脱いでソファーで……」

「やっぱり裸で寝てたんじゃないですか」

「いやでも、全裸じゃなかったし……下着は一応……」

「拾い食いは？」

「するわけねぇだろ」

この人は……とたきなが呆れていると、ふと、おぞましいことに気がついた。

たきなは寝ている千束の額に手を置くと、旅館の仲居がお辞儀するようにして、彼女の頭髪へと顔を近づけていく。

「え、えっ⁉　あの、たきな⁉　な、なに……え？　なに？　え、あの、もし？」

たきなは鼻先を半ば千束の髪の中に差し入れるようにして、スンスン、と匂いを嗅いだ。

「……臭くはないですね」

「ふ、風呂ぐらい入ってきてるっちゅうねん！」

「いい匂いです」

「……………………………………そりゃ……どぅも」

もし二日間、しかも銃撃戦で大立ち回りの仕事をこなしているのに風呂に入っていなかったとしたら大変な話だ。様々な汚れは当然、汗もかいているだろうから、かなり不潔である。

店としての問題もあるが、そもそも千束の衛生上よろしくない。多少無理させてでも風呂に入れるかホットタオルで体を拭くぐらいのことは……と思ったが、さすがに杞憂だったらしい。

「……ん？　千束？」

千束の額に当てていた手が……じわりと熱くなってきたような気がする。

たきなは千束の前髪から鼻を放し、額に当てていた手を上げ、その顔をマジマジと見下ろす。

気まずそうに横に視線を逸らした千束の顔は、先ほどより明らかに赤くなっていた。

「あ、ダメですね。熱の出始めだったんでしょう。今日はもう寝ていてください。体調が悪化するようなら病院か、ミズキさんの車で家まで送ってもらう感じで」

「……お、おう」

千束は相変わらず瞼を閉じて、そっぽを向いたままだ。

「何です？」

「……何でもねぇよ」

「そうですか。では念のため後で体温計を借りてきますので、それまで大人しくしててください。あ、あと飲み物も持って来ます」

たきなは立ち上がり、部屋を出、そして扉を閉めようとするものの、その手を途中で止める。

まだそこまで長い付き合いではないにせよ、千束という人間をもうすでにある程度理解している。だからこそ、あえて念を押すことにした。

「大人しくしておくんですよ、いいですね？」

大人しくする、それこそ千束には難しい事のはずだった。

「へーい」

「勝手に出歩いたらしょうちしませんよ」

たきなは和室の扉を閉じる。

その時、向こうからかすかに千束の声がした。

「……スパルたきな」

千束を横にさせてから二時間少々。じわじわと彼女の体温は上がっていたようだ。

体温計は三七度九分を表示。

微熱というには少し高いが、大騒ぎする程ではない。そんな体温である。

たきなが思うに、悪化してきたというより、ようやく休めたからと千束の体が悪いものを追い出そうと本腰を入れ始めたのだろう。

「今夜はこのままお店に泊まっていった方がいいですね。今日は遅くまで人も残るでしょうし、その方が何かと安心だと思います」

たきなは体温計をしまうと、千束の額の上にあったタオルを取り、洗面器の水につける。

「えー、ゲーム会がぁー」

「ダメです。疲れからきている発熱だと思いますけど、もしタチの悪い風邪だったら大変です。お店中でパンデミックですよ。……このまま大人しくしてられますか？」

「……まぁ、今のたきなを見てたら、さすがにね」

今のたきなはマスクに薄いゴム手袋を装備していた。

そして敷かれた布団の脇には、ペットボトルのスポーツドリンクはともかく、消毒用アルコールのスプレーまで用意してある。

その重装備の威圧感ゆえに、千束もさすがにワガママを言う気にはなれなかったようだ。

「ちぇー」

千束は脇に置いてあった大型タブレットを自分の胸の上に立てるようにして置くと、配信映画一覧を眺めていく。

クルミから借りたタブレットらしいが、視聴しているサービス自体は千束のアカウントのようだ。視聴履歴からたきなにはそれがわかった。

「本当は眠った方がいいと思いますけどね」

たきなは冷水から引き上げたタオルを絞り、そっと千束の額に置いた。

「眠ってようが映画見てようが、脳と目以外は一緒でしょうよ」

「免疫がどうとか、いろいろあると思いますよ」

「どうかなー」

「まぁ、わたしも専門ではないので強くは言えませんけど」

「一緒一緒。なら時間は有効活用しないとね。……次は何見るかなぁ」

「さっきまでは何を？」

「んー、『コンテイジョン』っていうヤバい感染症で世界中がパニックになる映画」

「何でこの状況でそんなの見るんですか……」

「ある意味サイッコーのリアル体験じゃない？　３Ｄや４Ｄ以上の臨場感が！」

「それは楽しいんですか？」

「ちょっと気分が良くなかった」

「やめてください」

「やめます。あ、久々にコレ見るかなぁ。よいしょ、と。……ＢＤ（ブルーレイ）で持ってるのに、配信で見ちゃうこの罪悪感よ……」

「見たい時に見られるのが一番ですよ。何を見るんです？」

「『28日後…』っていうゾンビウィルスが蔓延（まんえん）する作品で……」

「千束（ちさと）」

「やめむぁーす」

仕方ないな、と結局千束（ちさと）が選んだのはジェイソン・ステイサム主演映画の『アドレナリン』という作品だった。

「面白いんですか？」

「面白いよー。手っ取り早くテンション爆上がりで元気が出る。あと、これの続編とか、私なんていろんな意味で〝くぅ〜〟ってなるし」

「千束（ちさと）って、髪の毛が薄い人の映画が好きですよね」

「そんなフェチは持ってねぇ」

「でも、前に押しつけ……貸してくれた映画、三割ぐらいは薄毛の人がメインでしたよ」

「そうだっけ？　あれかな、アクション映画に出る男性俳優はやっぱマッチョが多いからさ、男性ホルモンが出まくってるせいとかかな。あとは割と年齢が行くと向こうの人って割り切って剃っちゃったりするから、そのせいとか？」

「たまたまですか」

「そんな感じです。でも確かに、抵抗はないっちゃないか」

タブレットの中で映画の主人公が全力で走り出したので、たきなも思わず視線が引っ張られてしまう。しばし二人で無言で見やった。

「これどんな映画なんです？」

「変な毒を打ち込まれて、アドレナリンを出し続けないと死ぬっていう状態になった主人公が大暴れするの」

「最後どうなるんです？」

「見てればわかるよ」

「そんな時間はないのでここまでにしておきます。ゲーム会に備えて、軽い食事を作らないといけないので。千束の分も作りますから安心してください」

「あ、ホント？　な〜に〜？」

「逆に何が食べられそうですか？　作れるものなら作りますし、何か買って来るのでもいいいですよ」

三八度弱ともなれば、普通はあまり食欲はわかないものだ。

せいぜいゼリー飲料などが相場だが、食べられるならきちんと食べた方がいいだろう。疲労から来ている風邪症状なら尚更だ。

千束はタブレットを止め、額にあったタオルを手にして半身を起こす。

タオルを風呂でするように登頂部に置き直すと、うーむと腕を組んだ。自分の体と相談しているようだ。しばし、待つ。

「……スパイスカフェ」

「カフェ？」

「あ、たきなとはまだ行ってないね。ここから東の方にちょっと行った住宅街……かな？ともかく駅から微妙に遠くて、めっちゃ静かな場所に建つ古民家を改装したカフェがあってね、そこのカレーが……もうね、もー最高の高ッ！　本格的なスパイスカレーなんだけど、いろんな味があって、どれも絶品なの！　私のオススメはね、『エビ』と『ラムキーマ』。普通エビカレーっていうと、エビが入っているだけだと思うかもしれないけど、ここのは違う、全然違う！　エビの旨味がルーに、もうこれでもかって感じで出てて、うぅんまっ!!　ってなるのは間違いなし！　で、ラムキーマは辛いんだけど、ラムのおいしさが、ぎゅ～と詰まってて、そこにスパイスがいい仕事をしてて……あっ、でも、真のオススメは……もうシーズン終わっちやってるんだけど、冬季限定で出してくれる『牡蠣』のカレーね。あれは絶対ビックリする！　カレー、スパイシー……なのに食べるとポタージュみたいにまろやかなの！　おいしさってい うか旨味の厚みが凄い！　うわっ、なにこれ、おいしっ⁉　とろっとしたおいしさが体に染み るぅ！　ってなっちゃう」

　とめどなく喋り始めた千束を、たきなはしばし冷めた目で見やった。

「何にしてもカレーはダメでしょう」

「何で？」

「弱った体には刺激が強すぎるじゃないですか」

「でも、ほら、スパイスって、漢方ってことだし、漢方ってことは体にイイッ！」

「そういう考え方は体を壊しますよ」

「ダメかぁ。じゃそれはそれとして、たきな、今度一緒に食べに行こう。ランチ。今むっちゃ食べたい感じになってる」

「体が治ったら、ですね」

「うん！　あそこはねー、二人で行くべきなんだよ。三人以上の席があんまりないからね。いつも行列作ってるお店だから席が都合良く空くわけじゃないし。何よりカレーは一種か二種選べるんだけど、あ、これランチの話ね、ともかく行ったら必ず二種のやつで。で、二人でシェアするの、そうしたら一回の食事でなんと四種類のルーが味わえる！」

「はいはい、わかりました」

「あとね、ご飯がねー、一緒にアチャールみたいないろんなお野菜の付け合わせが載ってるんだけど、これがまた満足感っていうか食べ手の幸福度を上げてくれる立役者で」

「千束」

「食後に出てくる小さいデザートとコーヒーもおいしいの」

「わかりましたから、話の続きはまた今度に。今、何が食べられそうですか？　体に強すぎないもので」

「えー……うーん、何だろ。えー……」

千束がアレコレ考えを巡らす。それに追随するかのように、彼女は視線を和室内に巡らせ、そして何故か壁にかかっていたカレンダーに行き着く。

「……あっ」

「何です？」

「いやでも、それは……ちょっとなぁ」

千束が腕を組んだまま首を捻る。

「たきなに負担かけちゃうし……」

「手間のかかる料理ですか？」

「うん、お赤飯」

「餅米はあまり消化に良くないと聞きますけど」

「でも油類は使ってないし」

「まぁ、そうですね。栄養価は高いはずですし。……ですが今から準備するとなるとちょっと遅くなっちゃうかもしれませんね」

「あ、そういうんじゃないの。丁度タイミング的に明日だなーって思ったから言っただけで」

「……どういう意味です？」

千束が言うには、喫茶リコリコから少し行った所にある『キラキラ橘商店街』なる場所に、和菓子のお店があり、そこが出している赤飯が食べたいのだという。

「別にそれぐらいすぐに買ってきますよ？」

「そうじゃないの。実は明日、そのキラキラ橘商店街の朝市があるんだよ。で、早朝からそのお店で、蒸かし立ての赤飯を販売するんだけど、それがおいしかったなーって思って」

なるほど、とたきなは納得した。負担をかけちゃう、というのは詰まるところ、朝早くに起きて、それを買いに行かせるのは悪いというわけか。

「それぐらい別にいいですけど」

「え、ホント!?　マジ!?　朝早いよ!?　嬉しい!!」

「構いません。ただ、夕食にはならないですよね」

「まぁ、そうだね。明日の話だし」

「では……そうですね、おうどんでも湯がきますので、それでいいですか？」

うどんの麺は冷凍のものがそこそこあったはずだし、出汁さえ多めに作ってしまえば、ゲーム会参加メンバーにも出せるだろう。

調理の手間などに無駄がなくていい。たきなは言いながら自分のアイディアに満足した。

「おー、いいねー」

「いっそ鍋焼きうどんにでもしましょうか。小さな土鍋、ありましたよね。玉子を落として、熱々にして」

「最高！　いいの？　作ってくれる⁉」

「それぐらい構いませんよ」

一人用の小さな土鍋はミズキが以前、湯豆腐を作ってつついていたのを見ているので、少なくとも一個はあるはずだ。

千束はそれにして、他の人には椀なり丼なりで出せばいい。

「では、それまで大人しくしててくださいね」

千束は、はーい、と掛け布団をつかんで勢いよく横になる。

顔はニコニコ。そしてチラリと横目でたきなを見てくる。

その様子がまるで小さな子供のようで、たきなは思わずマスクの下の口元に笑みが浮かんだ。

千束が先ほどまで登頂部に乗せていたタオルが横になった際に吹っ飛んでいたので、それを拾って彼女の額に乗せ直してから、たきなは立ち上がった。

「ありがと、たきな」

部屋を出て行こうとしたたきなに、千束が言った。

その言葉は、少し、くすぐったい。

「まだ何もしてませんよ。食べておいしかったら、言ってください」

たきなは部屋の扉を閉めると、マスクと手袋を外し、厨房へと向かった。

冷蔵庫の中には確か長ネギもあったはず。

千束のうどんにはこれをゆっくり焼いて、中をとろとろにして載せてあげよう。

たきなはそう決めた。

●

「あら？」

たきなが厨房で鍋に向かっていると、ミズキが覗きにきた。

店はもう閉店までわずかとなり、客も閉店のゲーム会目当ての常連客しか残っていないので、半ば暇潰しに来たのだろう。

「たきなにしちゃ、珍しーわね？」

たきなが普段作る和風出汁は基本、関西風だ。

しかし、今回は千束の鍋焼きうどんに使う関係上、煮込む必要がある。そうなると繊細な出汁よりも力強さを持つ出汁の方がいい。

そのためカツオ出汁を濃いめに取って、醬油と少量のみりん、そしてそこにさっと熱湯にくぐらせて臭み取りをした鶏肉を一口サイズにして入れてあった。

「そっか、鍋焼きメインか」

「はい。ですが皆さんはお椀で。おうどんの数はありますから、あとはお願いしますね。ネギも刻んでおきましたので」

「オッケー」

「あ、そうだ。確認したかったんですが」

たきなは冷蔵庫から、先ほど見つけたブツを取り出した。

ちょっと装飾が洒落たかまぼこである。

「これって……？」

「あぁ、それアタシの。板わさにしようと思ってたやつ」

「板わさというと……？」

「お酒を飲まないお子ちゃまは知らないか。かまぼこを薄く切って、刺身みたいにワサビ醬油で食べるの。お酒に合うのよ、特に吟醸系！」

「そうなんですか。これ、もらっていいですか？　おうどんに浮かべようかと思いまして」

「……ちょっとイイヤツなのよね」

「ダメですか」

たきなは手の中のかまぼこに視線を落とした。

鍋焼きうどんには太めのエビ天を浮かべて煮込み、ふよふよにしたら見た目にもパワフルだし、食べればとてもおいしい。けれど、さすがにそこまで作るとなると大変だし、そもそも体調不良の千束に天ぷらはどうかと思ったので、入れる予定はなかった。

しかし、そうなると寂しい見た目になってしまうのは避けられない。だがここにかまぼこを一枚二枚浮かべさせられれば幾らかでも華やかになる……と思ったのだが。

「そんなガッカリしないでよー。……あぁもう、いい、いい、使っていい」

え、とたきなは顔を上げる。ミズキが手の平を追い払うようにひらひらさせていた。

「いいんですか！」

「いいわよもう。じゃいっそ、みんなの分も切って用意しておいてくれる？」

「はい、もちろんです」

じゃあとは任せたわー、とミズキはホールへと戻っていった。

出汁は完成、具材の花となるかまぼこも用意できた。最後に落とす玉子は冷蔵庫。あとは……何かあるだろうか。そうだ、椎茸があったはずだ。

たきなは冷蔵庫の野菜室から生椎茸を取り出すと、じくを取り、カサに切り込みを入れる。

これを水、みりん、醤油、砂糖を入れた濃いめの汁に入れて煮込めば……いわゆる含め煮だ。

うどん出汁に入れて煮込み、味わいを出しつつ、出汁を染みこませる方法もあるが、今回は味に変化を持たせて食べ飽きしないようにしたかった。

「あとは……ネギか」

みんなの分の小口切りは終わっているが、千束の分がまだだった。

少し長めにカットした長ネギを、コンロで焦げ目が付くまでゆっくりと、焼けすぎないよう注意しつつ、焼いていく。軽く焦げるぐらいはおいしいが、焦げすぎるのはよろしくない。

これで、ほぼほぼ材料の下ごしらえは終わった。後は鍋に盛り付けて、煮込むだけ。

色味も椎茸とかまぼこ、そして玉子の黄身が頑張ってくれるだろう。

「あと、何か……あ。でも、うーん……」

たきなは厨房の棚から個包装になっている切り餅を見つけていた。

だが、餅はやはり消化に良くない。しかし栄養はある。

何より小さく切って、カリカリに焼いたら天ぷらの代わりに食感にメリハリをもたらしてくれるだろう。出汁に浸してふゆふゆなのもおいしいはずだ。

よし、とたきなは決めた。少量なら、今の千束でも問題ないだろう。

まな板に餅を置き、包丁を立てるとゆっくりと体重をかけるようにして力を入れていく。

すると、ぬっと刃がめり込んでいき、最後にズッと切れる。

数回繰り返し、指先程度のサイコロ状にカット。これをくっつかないよう離して皿に載せ、電子レンジに入れて、数秒。すぐにストップ。

まだ餅の表面は硬いままなのだが、内部はすでに温かく、そして柔らかくなっている。

やり過ぎるとドロドロに溶けてとんでもない事になってしまうので注意が必要だが、焼く前にこれをすると、格段に簡単に焼けるのだ。

仄(ほの)かに温かい餅を、くしゃくしゃにしたアルミホイルを敷いたコンロでしばし焼き、ぷっくりとしてきたところからは、さらに集中して慎重に焼いていく。わずか数秒で黒焦げになったりもするので、餅を焼くというのはまさに真剣勝負だ。

ぷくぷくと膨らむだけ膨らんで、そして小麦色に色づいていく。

さらに小麦色部分のところどころに黒い焦げが出てきたタイミングで急ぎ引き上げた。

皿に取ってみると転がり、カラカラと心地よく軽やかな音を立てる。……完璧だ。

準備万全。あとは煮込むだけ。

「よしっ」

鍋で合わせる前に、念のため千束(ちさと)にお腹(なか)の空き具合を確認しておいた方がいいだろう。ペコペコだというのなら半玉増やすのもアリだし、その逆でもいい。

たきなは厨房(ちゆうぼう)を一度片付け、手を洗い、そして再びマスクと手袋を装着。

装備を調えたところで、奥の和室へと向かうのだが……丁度その時、中からミカが出てくるところだった。

「店長も千束の様子を見に？」

「ん、まぁそうだ。日中は面倒を見させてすまなかった」

「いいえ、店長のコーヒーを楽しみに来ている人も多いですし。……あ、おうどんの準備、できてますので皆さんで召し上がってください」

「わかった、ありがとう」

「千束は鍋焼きうどんにしようかと」

「いいな。体が温まる」

「はい。ちゃんと食べてくれるといいんですけど」

「きっと食べるさ。昔からどんな時も食い意地だけは張っている子だ」

ミカが微笑む。たきなも頷き、これに同意した。

「だが、もう少ししてからかな」

「どうしてです？」

ミカがそっと扉を開ける。明かりが消えており、そしてかすかな寝息が聞こえる。

「少し寝かせてから、作ってやってくれ」

「……そうします。煮込み始める前で良かったです」

ミカが頷く。気を遣っているのか、杖を使わず、かといって痛めている足を引きずるでもなく、彼は静かな足音で常連客達の下へと向かっていった。

たきなは扉を閉めようとするものの、最後にもう一度中を覗き込む。

あれだけ休め、寝ていろと言っていたのに頑なに寝なかった千束が、今は赤子のような顔で眠っている。

邪気も、不安もなく、ただただ穏やかな寝顔と寝息だった。

「……しょうがないですね」

自分も先にみんなと一緒にうどんを食べよう。千束はその後でいい。

「おやすみなさい、千束」

たきなはそっと扉を閉じる。音がしないよう、慎重に。

そして、たきなもまた足音を立てないよう、静かにそこから離れた。

●

「くっはー、おいしかったぁー!!　ごちそうさまぁ!!」

病人とは思えぬ勢いで鍋焼きうどんを平らげると、グラスに注いだ麦茶をもぐびりと千束は飲み干した。

まさか最後、土鍋を抱え上げて最後の一滴までをも飲み干すとは思わず、たきなとしても嬉しさよりも驚きが勝って、呆気にとられてしまう。

「あ～、あちぃ～」

布団の脇に用意した折りたたみの座卓の前で、千束は手を後ろについて、体をのけぞらせた。首元から胸元にかけて汗の雫が流れていた。額にも玉の汗が浮いている。

「このままじゃ逆に体が冷えちゃいますね。着替え、用意します」

「ありがと、たきな。お泊まりセットがまだあるはずだから」

「はい。ついでにホットタオルで体を拭きましょうか」

「いっそシャワー浴びちゃおうかな」

「油断大敵ですよ。タオルにしておいてください」

「はぁーい」

たきなは土鍋を厨房に片付け、熱々のホットタオルと、新たなお泊まりセットからパジャマと下着を用意して部屋に戻ると、千束の布団の脇に正座で座った。

「はい、これでいいですね。どうぞ」

「……どうも」

「何です？」

「いや」

「タオル、冷めちゃいますから、早く脱いで拭いてください」

「何て言うか、その……そんな見られてたら着替えにくいっていうか……」

「倒れたりしたら大変だと思いまして」

「そこまで重病じゃないって」

　確かに一人でトイレに行っていたりもするので、着替え程度で倒れはしないだろう。

　たきなは、向きを一八〇度変えるようにして、千束に背中を向けた。

「これでいいですか？」

「まぁ……いいけども」

　いそいそと千束の着替える気配を背後に感じつつ無心で待っていると、ふと、布団の脇に置いてある物に気がついた。

「桃の缶詰……？」

「あぁそれ？　さっきミズキが来て置いてったの。昭和かって。ねぇ？」

　千束が笑う。

「嬉しいけど」

　きっと千束が起きて、たきなが鍋焼きうどんを調理している間に訪れたのだろう。

　改めて見やれば部屋の奥のふすまの前にも何やら機械のようなものが置かれている。小型の加湿機能付きの空気清浄機のようだ。

「それ、クルミ。どこからか出してきてさー、さっきセッティングしてった」

この和室にはふすまがあるのだが、その向こうが押入、兼、クルミの部屋である。千束のためもあるのだろうが、単に自分の身を守るためかもしれない。

インドアで仕事をする人間は、電車などで通勤している人間よりも免疫が弱いという話は聞いた事がある。通勤時に大勢の人と接する事は良くも悪くも様々な病原菌やらウィルスやらにちょっとずつ晒されるために免疫が鍛えられるのだが、インドア派はそうではない。

筋肉と同じでどれだけ健康的に過ごしていても使わなければ衰えていくのが人間の体だ。

とはいえ、純粋に千束の身を案じたのかもしれない……たきなに判別はつかなかった。

ほんのりと湿った千束のパジャマと下着、そして使い終わったタオルを片付けて和室に戻れば、千束は布団の上でストレッチをしていた。

「さっぱりしたからさー。ついでにね」

ひとしきり体をほぐした後に、髪留めでお下げを作ると、そそくさと自分から横になってくれたので、たきなが何か言うまでもなかった。

思わず思う——珍しい。

「はい、じゃ私はもう大人しくしてるから、たきなもゲーム会行ってきなよ。もう始まってるんでしょ？」

なるほど、気を遣ってくれたのか、と、たきなは納得する。

「まぁ、今日は人が多いですし、大丈夫ですよ」

「たきなが楽しんでおいでって意味だよ。頭数合わせじゃなくてさ。折角のゲーム会だし」

どうしようか、と、たきなが考えていると、和室の扉がノックされる。

はい、と千束が応じるとミカが顔を出した。

「今、ちょっといいかな？」

どうぞ、とたきなが促すとミカが入って来る。彼が手にしている大きなイケアの袋には何やらぎっしりと中身が詰まっていた。

「千束が風邪だと知ったお客さん達から差し入れがあってな。まずは後藤さんだ」

イケアの袋から出てきたのはバナナ、一房。

普段からシャンとした歩き方で革ジャンを羽織ったりと年齢を感じさせない人ではあったが、病人の差し入れにバナナというあたり、白髪の彼の人生の歩みを感じさせる。

「で、これが伊藤先生」

漫画家の伊藤からは、おでこに貼る冷却シートだ。

「コレって、伊藤先生が常備してるやつかな？」

「確か修羅場の時に張ってましたよね」

「店に来て、慌てて手持ちから出してくれたものだ」

千束は早速差し入れを開封し、自らのおでこに貼り付けた。

「それで次は……北村ちゃんから、ビタミン剤」

「おー、いいねー。いただきまっすと」

一週間分のビタミン剤が入ったパックを、千束はさっさと開封して、一粒口に放り込んだ。

「これってそういうふうに飲むものなんですか？」

「知んない」

何でこの人は、人から渡された薬に類するものを何の躊躇いもなく、しかも雑に口にできるのか。万が一変なものだったら、食前とかに飲むものだったら……と思い、たきなはパックを見る。

内容物からすると特に変な物は入っていないようなので大丈夫だとは思うが……何にしてもやはりもう少し慎重にしてほしいものだった。

「山寺さんからはゼリー飲料が一箱。これは冷蔵庫に入れておこうか。……あと、米岡君から『きなこ棒』が三箱」

「西島製菓のだ！」

きなこ棒は、水飴や黒糖を混ぜ合わせたものにきなこをまぶして爪楊枝を刺した昔ながらの菓子だ。

墨田区、それもこの喫茶リコリコからもほど近い錦糸町駅からすぐの場所に西島製菓の工場があるので、地元民にとっては馴染み深い菓子だった。

前を通るだけできなこの香ばしい匂いが漂ってくるのだから、その都度意識しないわけにはいかない。小腹が空いている時など、そのまま工場の中に入っていきたくなるぐらいだった。

「しかし、四五本入りのが三箱って……凄い量ですね。何より寝込んでる人間が食べる物じゃないような……」

きなこや蜂蜜、黒糖の素晴らしき栄養は今更語るまでもないだろう。だが問題は食べる際に布団にきなこがパラパラと落ちようものなら……目も当てられない。

「おっと、すまない。これは千束へじゃなかった。パソコンを直してくれたクルミへのお礼だ」

パシャッと和室のふすまが開く。クルミだ。ミカはそこに三箱をポイッと投げると彼女はそれをスパッとキャッチし、ピシャリとふすまを閉じた。

三人は数秒、閉まったふすまを見やり……。

「……で、次は、えーっと」

何事もなかったかのように次の差し入れに意識を向けたのだった。

途中でミズキが客からの追加の差し入れを持って来たこともあり、気がつけば、座卓の上にはこんもりと差し入れの山ができあがっていた。

ミカはその中で冷やした方が良いものだけを持って部屋を出て行く。

「ありがたやありがたや」

千束は差し入れの山に向かって手を合わせる。

「わたしも何か用意したら良かったですね」

「何言ってんの！　看病してくれて、おいっしぃッ鍋焼きうどんを作ってくれたじゃん！」

「ですが」

「十分すぎる！　嬉しい！　最高！　ありがとね、たきな」

「……どうも」

たきなは、ちょっと照れた。

「あ、そうだ、差し入れしてくれたみんなにもお礼言わなきゃ！」

千束がすっくと立ち上がったので、たきなはそのパジャマの裾をつかむ。

「ダメです。迷惑です。病人は大人しくしててください」

「え～、ちょっとだけだしぃ～」

「だいたいその格好で人前に出る気ですか？」

すっぴんなのはともかく、今の千束は薄手のパジャマなのに加えて、ボタンも開いていて胸元が緩い。とてもではないが男性もいる中に突入していける格好ではなかった。

「でもお礼……」

「治ってから言えばいいじゃないですか」

「え～、そこにいるのにぃ～？」

うーん、と千束がアレコレ考え出した。その内、着替えてでも行くぞと言いかねない気配を感じる。たきなはそうなったら何と否定しようかと考えていると、千束の視線が自分に向けられているのを感じた。

「……なんですか？」

「じゃ、こういうのどう？　たきなが私をスマホで動画撮影して、それをみんなに見せるの」

確かにスマホサイズの画面なら、多少隙のある格好をしていても問題ないだろう。

「それなら……いいと思います」

「よしきた！　早速いくぞ‼」

たきながスマホを構えると、千束が仁王立ちし、両手を拳に固めて腰に。もはや空手の型の始まりか、応援団の如きポージングだった。

「気合い入りすぎじゃないですか？」

「布団に寝てた方がいいかな？」

「過度に病人アピールする必要はないと思いますが、その、今にも雄叫びを上げ出しそうなスタイルは違うかと」

ふむ？　と、千束がしばし一考した後、山積みの差し入れをバックに、布団の上であぐらをかくスタイルとなった。

撮影、開始……の前に、やはり気になったので、一旦ストップし、たきなは千束の胸元に手を伸ばして、ボタンを閉じていく。

「おう、すまんな」

「ちゃんとしてください。体も冷えます。はい、これでオッケーです」

「さんきゅー！」

「撮影、始めますよ？」

「うしっ！」

撮影、開始。

「みなさーん！　差し入れ、ありがとうございまーす！　もう、もうね、何て言うか、皆さんの優しさがこれでもかぁーって感じで溢れてて……とっても嬉しい！　一刻も早く、最高最強最美少女な千束が皆さんの下に帰って来るよう、頑張って元気になりまーす！　だからもう少しだけ待っててくださいねー！　あ、あと、今日のゲーム会、私の分まで楽しんでいってくださいね！　それじゃあ、錦木千束でしたー‼　バイバイ‼」

撮影、終了。

「別にいいんですけど、最美少女ってなんですか？」

「世界一かわいい、的な？」

「そうですか」

「そうです。……何だよ」

「別に。知らない言葉だなと思って」

「ニュアンスが伝わればいーの。さ、お客さん達にそれ届けてきて」

「わかりました」

たきなが立ち上がり、扉へと体を向ける。

「……で、そのままみんなと遊んできてね」

たきなは千束を振り返る。

彼女は大人しく自ら布団に入り、少し大人びた笑みでたきなを見やっていた。

なるほど、とたきなは思う。動画撮影は自分をゲーム会に参加させるためのアイディアでもあったのか。

「きっと、楽しいから」

呆れるやら、そこまで考えてもらえたことが嬉しいやら……たきなはさすがに少し笑ってしまう。

「知ってますよ。……行ってきます。何かあったら遠慮なく言ってください」

「おう」

甘えられているようで、気を遣われてもいる……どっちがどっちを看ているのかわからなくなりそうだ。

たきなはそんな千束の不思議さを想いつつ、スマホを手に店のホールへと向かった。

小上がりになっている座敷席を始め、店のいくつかの場所でアナログゲームの卓が開かれているようだが、丁度ゲームの合間のようだ。次のゲームに備えて人数調整をしていた。

都合が良い。

「みなさん、千束から差し入れのお礼が――」

店内にいた全員が、笑い声を上げる。

わけがわからず、たきながきょとんとしていると後藤が代表するようにして教えてくれる。

「あんな大声出してりゃ全部聞こえるって！」

店内がまた笑い声で包まれる。

遠くの方から、「マジか⁉」と千束の声。確かに大きな声なら店のホールにまで届いてしまうようだ。

その千束の声に、また店内が笑いに包まれる。

――早く元気になってねー！

――たきなちゃんに看板娘の座、奪われるぞー！

――欲しいものがあったら言いな、買ってきてやるよ！

――映画見すぎちゃダメだよー！

そんな客達の声に、「あいよー！」と千束が応じる。

不思議な人だと、改めて思う。

千束はリコリスだ。人知れず悪を排除する、そんな存在。

特に千束は歴史上最強と謳われるほどの、ある意味ではリコリスの極みのような存在ですらある。

それなのに彼女はこうも市井に溶け込み、逆に人々から注目を……何なら好かれ、愛され、心配もされる、そんな存在になってしまっている。

彼女は特別。それを強く感じる。

ただ、それがリコリスにとって良いことか悪いことなのかはわからない。

——明日まだ寝込んでたら何かうまいもんでも買ってきてやんねぇとな。

——なにがいいんだろー。

——なんにしようねー。

——なんでみんなちょっと楽しそうにしてるんですか。

——言えてる、あははは。

遠くから「期待してまーす！」という千束の声。寝てろー、早く治せー、と客達。

そして、ホールと和室、双方から大きな大きな笑い声。

——よし、そんじゃそろそろ次のセッション、いきますか！

——はーい、やろー。

——あ、たきなちゃん、こっちの卓、入らない？

――おいでー！

「え、あ、はい！」

急に名前を呼ばれ、たきなは慌てて、卓へと向かったのだった。

そうして、店内の至るところでゲームが始まった。

クルミがカード片手にきなこ棒を食べ、ミカがコーヒーを淹れ始める。

ミズキと後藤がカウンターの隅で酒を酌み交わす。

そして、たきなは常連客達と共にサイコロを振った。

楽しい夜が、更けていく。

●

早朝、午前六時半。たきなは町を歩いていた。

昨日千束が食べたいと言っていた赤飯を求め、早朝にやるという朝市を目指しているのだ。

目的地はキラキラ橘商店街……なのだが、これが喫茶リコリコからもたきなの現在の住居からも微妙に遠かった。

何せ、喫茶リコリコは旧電波塔の南側だが、キラキラ橘商店街は東側なのだ。片道三キロとまでは行かないにせよ、二キロはある。

ただ、季節はまだ春の面影を色濃く残している初夏というにはおこがましい頃合い。空が晴れ渡っているせいもあって、歩いているとこの上なく心地よく、長い道のりもさほど苦ではない。

特に、最短ルートを選んだことで、普段ならばまず通らないような裏道を行くことになったのだが、それがまた良かった。

特に何があるというわけではない、まだ営業しているのかもう辞めてしまったのかわからないような個人経営の古い店をたまに見かけるだけの、そんな道。

そこで長い黒髪と、リコリスの制服のスカートを揺らし、ローファーでリズミカルに足音を朝の空気に響かせる。

そんなふうにして歩みを進めていくたきなは、ごくごく当たり前のように……道に迷った。

曲がるべき道を間違えたらしい。予定では真っ直ぐのはずの道が、くねくね曲がっていた。

どうやら昔からの道がそのまま残っているせいで、この辺りはやや複雑な造りになっているようだ。

たきなはスマホで位置を確認すると、大きく逸れているわけではないので、そのまま進むことにした。

すると、不思議な公園の前にたどり着く。

「これ、大丈夫なんですか……？」

誰がいるわけでもなかったが、思わずたきなはそれを見上げながら、声を漏らした。

広めの公園の中央に鎮座する、巨大な滑り台である。

コンクリートの巨大なステージ状の土台があり、その上にさらに鉄骨が組まれていた。

そのてっぺんは実に一〇メートルはあろうかという高さに達しており、そこから地面に向かってそこそこの急勾配で銀色の滑り台が伸びているのだ。

一〇メートルといえば、マンションやアパートの三階と同等の高さだ。たきなが見る限り、周りの住宅の屋根より高そうに見えた。登れば旧電波塔もよく見え、相当に見晴らしはいいだろうが……同時に恐怖心も芽生えるに十二分な高さだ。

もし、今これと同じものを造ろうとしても安全面の懸念から無理だろう。規制が緩かった時代の産物なのだろうと、たきなは思う。

ただ大したもので〝朽ちている〟という印象はまったくない。子供達が今も遊び、そして大人達がしっかり管理している証拠だという気がした。

だから、凄い高さだ、とは思うものの、危ないという印象はあまりない。

千束だったら、スカートだろうが何だろうが、とりあえず一回滑っていたような気がする。

「まぁ、わたしはやりませんけどね」

たきなは小さく鼻で笑って、そこ──『京島南公園』を後にした。

そんな寄り道を経て、住宅街を抜けた先でたきなはようやくキラキラ橘商店街の文字を見つけた。電柱などに垂れ幕が下がっていた。

その文字を追うようにして進むと、田丸神社なる場所へとたどりつく。

半ば公園と一体化しているそこは幸がたまる、財がたまる、ということで田丸神社らしい。

折角なので、手を合わせておく。

早朝に神聖な場所に来ると信心深くない人間であっても、不思議と気持ちがいいものである。

さて、と、たきなは神社を後にし、キラキラ橘商店街を北上するようにして進んで行く。

車がすれ違えなそうな、その割に特に狭いという印象もない不思議な下町の道。実際に街灯には〝下町人情キラキラ橘〟と看板が取り付けられている。やけに明るい色味の看板で商店街の名を強く押している辺り、関西のそれを何となく思い出させるものがあった。

そんな商店街は、朝市とはいえ、全ての店が営業しているわけではないようだが、それでも人通りはあるし、声を上げている出店もある。

何やら温かな汁物を出している出店に心を引かれもしたが、昨夜の段階で余った出汁をベースに汁物を作ってしまっている。今回は諦めよう。たきなは視線を逸らす。

今回の目標は赤飯だ。それ以外は必要はない……はず。

ただ、千束なら家に汁物があったとしても、一期一会だとかわけのわからないことを言って買い求めたかもしれない。

赤飯を買うのは千束のため、ならばこれも買うべき……？

たきなは出店を通り過ぎた後もしばらく考えたが、蓋があるにしても、そもそも汁物を持って帰り道二キロ以上を歩くのは辛いと結論付け、吹っ切ることにした。

千束のためでなければ、先の神社の脇にあったベンチに座ってすするのもアリだったかもしれない。

「何にせよ、今日じゃない……」

若干の後ろ髪を引かれる思いもあったが、たきなは北上を続けた。

そうするとキラキラ橘商店街の北の端近くで、何やら行列が見えてくる……アレだ。

和菓子の店である『さがみ庵』だ。列は北側に伸びていたので、たきなは一度店の前を通り過ぎる際に店の様子を窺う。

大小二種のサイズの赤飯、どちらも安い……それも一目で蒸かし立てとわかる湯気。ほかほかだ。

「うわぁ」

思わず声が出て、そして、つばを飲む。

昔から、餅米の扱いが最もうまいのは和菓子屋だと言われているし、一説には赤飯は菓子の部類に入るのだと、座学で習った記憶もあった。

それが蒸かし立てともなれば……間違いなくおいしい。

　店の前を通るだけで、たきなはその確信を抱いた。

　列に並ぶと、前にいた老紳士がちらりとたきなを見てくる。日曜日の早朝に赤飯を買おうと列に並ぶ制服女子というのは、少し珍しいのかもしれない。

「……自分用？」

　ぼそり、と尋ねられ、たきなは小さく首を振った。

「いいえ、寝込んでいる友人が食べたいと言ったので」

「そうか。ここのはおいしいからね。大きい方を買うといいよ。すぐに食べちゃうから」

　サイズは二つあって、大きい方はそこそこの量があったはず。

　千束が食べるだけなら小さい方でも……と思ったが、先ほどの自分の確信を思うと、確かに大きい方がいいかもしれない。自分も少しは食べたい。

「そうします」

　言うと老紳士はニコッと笑い、また前を向く。

　その後、老紳士の番になると彼は大きいサイズのパックを二つ買っていった。指輪をしていたので、奥さんの分かもしれない。

　いよいよたきなの番。

　目の前に蒸かし立ての赤飯……となった時、たきなは思わずまたつばを飲む。

　サイズを尋ねられる。

「えっと、大きい方で。……あ、ふ、二つお願いします」

たきな自身よくわからないまま、思わず二つ頼んでしまった。

老紳士がそうしていたからというのもあるが、折角来たのだし、一個だけではもったいないような気がしたのだ。それに店に置いておけば後から来るであろうミカやミズキ、クルミ達が食べるかもしれない。問題はないだろう。

透明なパックに赤飯がたっぷり盛られ、そこにレンゲでサラサラとゴマ塩をふりかけたら、蓋をして輪ゴムで留められる。これが二つ。

「ありがとうございます。……あっ」

袋に入れてもらった赤飯二パックを受け取ると、温かさが手に伝わってくる。温かい、というより熱いと言ったほうがいいだろう。

これは千束(ちさと)が喜ぶに違いない。熱いうちに食べて欲しい……というより自分が早く食べたい。

そんな思いで、たきなは急ぎ帰路に就く。

途中、スマホが震える。千束(ちさと)から起床を伝えるスタンプが送られてくる。

すぐ帰りますから準備しててください。

そうメッセージを送ると、たきなは小走りに喫茶リコリコを目指す。冷める前に着けるはずだ。

お腹(なか)が空いてきた。何だか楽しくもなってくる。

まだ食べる前なのに、来て良かった、と、たきなは胸の内で呟いた。

●

温度は食事の命だ、そんな事を言ったのは北国の作家だったか。

今の赤飯はまさにそれだ。電子レンジで温めるような野暮なことはしたくなかった。

たきなは喫茶リコリコに到着するなり、素早く手を洗い、しゃもじでパックから茶碗に取り分けた。

店に泊まった千束も寝起きながらたきなが昨夜用意しておいた汁物を温めておいてくれたので、すぐに食事となった。

「うわー本当にキラキラ橘のお赤飯だ！　久しぶり！　ありがとうたきなー！」

「どういたしまして。さぁ、食べましょう」

店の小上がりになっている座敷席で食べることにした。

千束とたきなは向かい合い、手を合わせる。——いただきます。

まずは、と、たきなは汁物に手を出す。

昨日のうどん出汁の余ったものに、下拵えしたにんじんと大根を入れて煮たものだった。

一晩おいたので大根とにんじんに味が染みていて、濃いめの出汁の味によく合っている。

さて、口と箸先を湿らせ……たきなは赤飯へ向かう。

まだ十分に温かい。

箸ですくう。普通のご飯よりも、強い感触が手に伝わってくる。

小豆の色味が移った餅米……ただそれだけなのだろうに、何故こうも惹かれるのだろう。

おまけに朝からの赤飯……何だか特別な感じがする。

期待が高まる。

万感の思いで、口へ。

食む。温かい、そしてねっちりとした食感。

最初に来るのは、上にかかっていた黒ごまの香ばしさと、ほんのりとした塩気。小豆のほくほく感……。

それを咀嚼していくに、じわじわと甘みが滲み、香るように旨味が漂い、そして、鼻から笑うように吐息が漏れていく。

最後に喉を過ぎれば、お返しのように自然と声が出ていく。

「……おいしい」

それはたきなの意思とは無関係に生まれた言葉でもあった。

確信した通りのおいしさだ。いや、それ以上かもしれない。

「んぅ――――！　これだぁこの味ぃ～！　やっぱおいしいぃぃ～！」

箸をグッと握り締めながら、千束が唸る。

その様子に、たきなも何だか嬉しくなってくる。

「たきな、ありがとう!!　結構遠かったでしょ?」

「いえ、散歩気分で、むしろ気持ち良かったですよ。小腹を空かせるのにも丁度良かったです」

そう、この赤飯はおいしい。それは間違いない。

けれど、朝のウォーキングのような朝市への道のりと帰路が、より一層のものにしてくれている。

恐らく千束より自分の方がおいしさを感じられているはずだった。

それを思うと、何だかちょっと面白い。

「そういえば、道を間違えて……凄い滑り台のある公園に行ったんですよ」

「あそこだ!　魚屋さんの前にある公園!」

「あー、そういえばありましたね」

「あそこの滑り台、どう?　結構恐かったでしょ?」

「滑るわけないじゃないですか」

「……え?」

汁物と赤飯、そして二人の止まらないトーク。

それが今日の朝食。

やはり長く住んでいるからだろう。千束はあの商店街にかつてあった、今は無きケーキ屋の思い出を語ったりと、止まらない。

やれ下町にあるお店とは思えないフランスを思わせるおいしいケーキだったとか、そのケーキ屋さんのクロワッサンがまた絶品だったなどなど……。

たきなもまた、道すがらに見たものを話す。すると千束も知らないことがあったりと、止まらない。

口は言葉で埋まっているはずなのに、気がつくと赤飯は汁物と共に魔法のように消え去っていた。

「あー、もう食べちゃったー。あっという間だぁー」

「思っていた以上に、おいしかったです」

「でしょー?」

「多いかと思ったら、全然でしたね」

「ねー」

千束が、スッと店のカウンターを見やる。たきなもそれに倣えば……そこにはもう一パックの赤飯。

千束とたきなは赤飯からお互いを見合い、そして、変な笑いを浮かべた。

「さすがに……ねぇ？」

「食べ過ぎですよ、千束。病み上がりですし……」

「だよねー」

「えぇ」

　二人、互いに相手を見やりつつ、妙な沈黙が生まれる。

　明らかに相手が〝アッチも食べちゃおう〟と提案してくれるのを待っている間だった。

　そんな考えを持ってしまった事、そしてそれをお互いに感づいている事を察して、何だか恥ずかしくなってきて、たきなは無理矢理に話題を変える。

「あ、そういえば千束、今、体温どうなんです？」

「んー？　どうだろ？」

「計りましょうか。体温計、向こうですね」

　たきなと千束は、ごちそうさま、と手を合わせると、二人で和室に向かった。

　たきなは乱れていた布団を直して千束を座らせると、脇に転がっていた体温計を拾って渡す。

　千束が脇にはさむのを見届け、たきなは立ち上がった。

「お茶碗洗ってますから、鳴ったら教えてください」

「朝市の買い出しに片付けまで。いやぁ、至れり尽くせりぃ」

「早く良くなってください。みんな心配してますし」

「嬉しいねー。……あー……これならもう一日ぐらい寝込んじゃおうかなー」

「バカは言わないでください」

布団の上にあぐらで座る千束は、照れるような笑みを浮かべる。

「だってぇ〜、ほらー。心配してもらえるのってさ……嬉しいよ？」

そうかもしれない。

そうなのかもしれないが……自分はあまり人から心配される人間ではないので、よくわからなかった。

誰かから心配されて、それに甘えられるというのは、特別な人間関係を持つ者……それこそ特別な人間だけの特権だという気がする。

そして、そういう人間ほど、自分は普通だ、みんなと一緒だと思っていたりもする。

ただ、それを言ったところで意味などない。

特別な人間に、凡人の気持ちはわからない。

「……何にしても、です。ほら、スパイスカフェ、一緒に行くんじゃないんですか？」

「あ、そうだった！」

「じゃあ早く治してください」

たきなはそう言って、和室を出る。

「……そういえば……」

今日、たきなはキラキラ橘商店街に向かう途中で、スパイスカフェのことも調べていた。

意外とこの二つは近くにあるので、スパイスカフェに行くならいっそ散歩がてらに日中のキラキラ橘商店街まで足を延ばすのもいいかもしれない。

そうだ、それがいい。どうせ行くなら無駄なく、一緒に回ろう。

早朝、一人で歩いただけで楽しかったのだ。千束となら、もっと――。

たきなはその提案をするため、踵を返し、今し方出たばかりの和室の扉を開けた。

「千束、今思ったんですが」

「そりゃそりゃそりゃそりゃそりゃ」

和室で、千束が一生懸命に体温計をこすっているのだが……コレは何だろう？

たきなは最初、素直に疑問を抱いた。

「……千束、何してます？」

「え!?」

ハッと顔を上げた千束。

その〝ヤバい〟という表情だけで……たきなは全てを察した。

「相変わらず、油断も隙もない奴ねー」

カウンター席でミズキが呆れたように笑い、喫茶リコリコの客数がピークを迎えつつあるホールを駆け回る千束を見やっていた。

「まったくです」

たきなも腰に手を当て、腹立ちを隠さずに声に乗せた。

白状させたところによると、昨夜、仮眠してうどんを食べた後の段階からすでに平熱に戻っており、体調も良くなっていたらしい。

「ちょっとぉ～、そこの二人も働けよぉ～。こちとら病み上がりだぞ～」

千束から苦情が上がるも、取り合う者などいなかった。

たきなも、何を言っているんだか、と呆れるばかりだ。

何せ昨夜、自分の体調が回復したと確信した千束は、皆が帰宅した後、クルミと二人でできなこ棒を食べながら朝方までゲームで遊んでいたと白状したのだ。

たきなが念のため店に残って看病すると何度提案しても千束が固辞してきたのは、残られると寝かしつけられてしまうから何としても帰してしまって、こっそり遊びたかったのだろうと考えると……ちょっと怒りたくもなる。

もちろん、それは考え過ぎかもしれない。

千束は、あれはたきなの体を気遣って……罪悪感からたきなを残らせるわけには……などと言ってはいたのだが、真意は千束本人にしかわからない。

何にしても、千束がたきなを騙したのは間違いなさそうなので、怒る権利は間違いなくある。

少なくとも、たきなはそう思った。

ちなみに千束が仮病を使おうとした真相は、結局昨夜も徹夜だったらしく、じゃあもう一日ぐらい寝ておくか、という事だったようだ。

「しゅみまつぇんでしたぁ〜、反省してますぅ〜」

千束がカウンターに来ると、逆ギレ気味に頬を膨らませて見せたが、取り合う者など誰も……いや、いた。

「まぁ、みんな、千束もこう言っていることだし。そろそろ……」

厨房から出てきたミカが、苦笑していた。

「そうはいきません。……だいたい、心身共に鍛えられているリコリスが風邪をひくこと自体が、たるんでいる証拠です」

言うねー、とミズキが笑う。

千束が唇をとがらせ、ぼそっと呟く。

スパルたきな、と。

「……何です、それ？」

「別にぃ」

「いいですか、そもそも普段からちゃんとした生活を心がけていないから体調を崩すんです。仕事で徹夜は仕方ないですけど、ろくな自己管理もせずに、何でそのまま映画館になんて行……ゴホッ！」

「……え？」

千束もミズキも、そしてミカもまた、咳き込んだたきなを注視した。

たきなは思わず喉元に手を当てる。何やら違和感が……。

怒っているせいかと思ったが、何やら体も少し熱いような……。

「…………あ、いや、あの、これは……ゴホッ！　……あれ……？」

はぁー、とミズキが長いため息を吐いた。

「たるんでんじゃねぇぞ、てめぇら」

リコリス。

花の名前にして、この国の平和を守るために密かに活動する少女達を指す。

そんなリコリスの最上位クラスは〝赤〟を纏うファースト・リコリスだ。

しかしながら、これは必ずしもファーストがリコリスの主力であるという事にはならない。

というのも、ファースト・リコリスに求められる能力は極めて高いために、過去を見ても正規に認められた数は極わずかであり、全国各地に広く展開して活動するリコリスにあって、その少数が主力になどなりようもなかった。

犯罪者、またはそれに類する国の平和を脅かす恐れのある者達を密かに抹消するリコリスという存在、その活動において、もっとも主力と成り得ているのは〝白〟を纏うサード・リコリスである。

サードは個人としての実力においては未熟と言わざるを得ないが、それでもリコリスの特徴にして最大の武器を有しているため、銃器を最低限扱える技量さえあれば、十全なバックアップ下で行われる仕事ならば十分に全うし得るのだ。

実質的に数が多い分、ある程度の損耗があったとしても、リコリスを統括する組織――ＤＡへのダメージは軽微で済むために、比較的容易に用いられることも多く、結果、活動功績もそれに比例する。

　また、セカンドはその名の通り、ファーストとサードの中間に位置しており、その数、能力も同様だ。しかし困難な条件下での任務が増える都市部に限っていえば、サードよりも主力と呼ぶに相応しい数と能力と実績を持っていた。

　当然のことながらこれらのクラスはその能力に合わせ、試験等を経て上へと昇るのだが、ここにリコリスの最大の特徴にして最大の問題がある。

――リコリスは、あくまで〝少女の姿〟でなければならないのだ。

　か弱く、無害で、庇護されるべき存在。

　そしてそれを強調し、都市に溶けこむ迷彩効果としての学生服。

　それが彼女達にとって最大の武器にして、身を守る最大の楯だった。

　だからこそ、武装は拳銃程度の最低限のものとされているし、防具としては防刃・簡易防弾程度の耐久性しかない薄い生地の服――付け加えるなら戦闘時に有利に働くことなど決してありえないスカートをあえて纏っているのも、その理由からである。

　全ては〝脅威ではない〟と積極的にアピールし、相手の警戒意識から外れるための戦略。

　だが、これが昇級という意味においては最大の枷ともなっていた。

　鍛錬に打ち込める時間が彼女達にはほんのわずかしかない上に、過度な鍛錬もまたマイナスに成り得てしまうのである。

少女としての姿でいられる期間はわずかに十数年。

物心がつき、本格的な訓練に打ち込めるのは、さらに短く一〇年を下回る。体がある程度できあがってからの、より実戦的な訓練ともなればわずか数年である。

その間に日本人としての常識と学力、街に溶け込むための時代に沿った若者らしい行動・知識、そして当然ながらリコリスとしての高度な技術を身につける必要がありながら、見る者を威圧しない体型を維持し続けなければならない。

サードが主力たり得ているのは比較的短い訓練期間で現場に出せることに加え、その年齢はファースト及びセカンドよりも平均的に幼く、多少未熟であってもリコリスとしての最大の武器――少女の姿は他クラスよりも有効である事が多いためだ。

手が小さく、体重及び筋力が足りないためにリコリスの標準的弾薬である四五口径はもちろん、弾頭重量を増加させたサブソニック弾の九ミリパラベラムでさえ、その反動を押さえ込めない等の問題は多々あったが、初弾で決められるのならば何ら問題はないのである。

急所を絶対に外さない距離での一発……それで仕事は成せるのだ。

リコリスの歴史を紐解くと、衆人環視の中、護衛に囲まれた重要人物暗殺といった高難易度の任務をこなしたサードがたびたび存在するのは、ここに理由がある。

そのため、サードこそがリコリスだとする考えを持つ者も少なくない。

だが、リコリスである少女達自身からすれば、誰もがファーストこそがリコリスの象徴――

はたまた、リコリスの理想像だと口を揃えるだろう。

可憐な少女の姿でありながら、一方的な射撃による暗殺だけでなく、最低限の装備で正面戦闘さえもこなしうる圧倒的な実力と知識を有する矛盾した完全なる存在……それが、ファースト・リコリスなのだ。

だが、そんなファースト・リコリスの力を求められる場面というのは往々にして少なく、その仕事の大半はサード及びセカンドが任務に当たる際の監督役に終始する。

希有なファースト・リコリスの一人、春川フキのその日の仕事もまた、その例に漏れていなかった。

――起こるはずのない銃声が轟く、その時までは。

●

相も変わらず退屈な任務だった。

深夜二時四〇分、東京の片隅にある田舎。

そこそこの広さがあるものの、遊具も何もかもが朽ちつつある公園の、さらに片隅の暗闇の中で、春川フキと、まだ相棒となって日が浅いセカンドの乙女サクラは、たまに寄ってくる蚊を払うだけの時間を過ごしていた。

「なんつぅか……フキ先輩と組んでから、むしろ仕事の機会が減った気がするんスよね」

「だろうな」

サクラはその場にしゃがみ込み、うなだれた。

濃い紺色のセカンドの制服は、昔ながらの日本の学生服のような色合いでありながら、夜によく溶け込み、学生服という都市迷彩に加えて、夜間迷彩の効果をも生んでいた。

ただ、サクラはその特徴的過ぎるツーブロックの髪型のせいで、迷彩効果はないに等しい。

何より、サクラは体力があり、一五歳にしては骨格が明らかにしっかりしているため、油断すると警戒されかねない。小柄なフキと並べば尚更(なおさら)それが際立(きわだ)った。

一応、そんな体格を隠すためにか、サクラの制服はジャストサイズではなく、ワンサイズ大きいものを使っているようではあったが……果たしてそれがどの程度の効果があるのかはフキにはよくわからない。

単にこれからまだ大きくなるのを見越したサイズなのかもしれなかった。

「てっきり……こう、本店というか、大都市東京ならもっと毎日がドンパチ三昧みたいな感じかと思ってたッス……」

「お前がいた北海道に比べりゃ仕事は多い。だが、その分リコリスも多い。……そんで何より、ワタシと組んじまった以上、しょうがねぇ」

「フツー逆じゃないッスか！　ファーストのパイセンと組んだらもっと、こう、ヤバいヤツらとドッカンドッカンやるもんじゃないッスか⁉」

サクラと組んでからまだ幾ばくもない。とはいえ、彼女の能力はプロフィール以上のものをフキはすでに把握している。

スマートな仕事よりも、派手な仕事を好む。

もちろん、無駄のない仕事も十二分にするが、やはり物足りなさを彼女は覚える。

能力の高さゆえ、だ。

サクラの手は比較的大きく、指も長い。幼くして大きな銃を持たなくてはならないリコリスにとって、それだけでかなりのアドバンテージだと言えるし、射撃の腕も——フキの前の相棒には及ばないにせよ——かなりのものがあった。

そして、北海道の大自然で培ったかはさすがに知らないが、高い基礎体力と犬のようなアクティブな性格。リコリスとしての暗殺よりも戦闘に向いている。

だからこそ、彼女は自分の相棒に割り当てられたのだろう。フキはそう読んでいた。

ファーストとしての活躍を期待されるような状況になった際、見た目そのままの貧弱なリコリスではフキの邪魔になるだけだった。

ファーストの相棒は、たとえセカンドであっても、戦えるリコリスでなければならないのだ。

「ワタシらが働く時はだいたいヤバい時だ。仕事がないってことは任務がうまくいっている証拠だ。良かったと思え」

「けどぉー、出番がなきゃ功績あげらんないッスよ～」

「普段の任務の時は射撃役やらせてやってんだろ」

「あんなん誰だってできるじゃないッスか。あーしは、他の誰もできないようなことを……」

「当たり前のことを当たり前にやれる奴が組織じゃ一番求められんだよ」

「それを世間では凡庸と……」

「できねぇ奴が多いんだよ、案外」

フキは腕を組み、ため息を夜空に放った。前の相棒もそうだった、と思い出しつつ。

指示を受けてもやらない、やれない、余計なことをする……そういう人間は組織にあっては害悪になりかねない。とはいえ、往々にして人間とはそういうものでもある。

その点、サクラは不満を抱えていたとしても命令には忠実だ。そうしたところが彼女の実力以上に、フキの好みだった。自分勝手な奴が一番ムカつくのだ。

全ては仕事。淡々とこなせばよく、そこに個人の感情や余計な考えを紛れさせるべきではなかった。少なくともフキはそう思う。

「結局……今夜もこのまま終わりそうッスねぇ」

ヘッドセットからサード達の報告と、司令部からの指示が聞こえていた。

任務は着実に、何らイレギュラーもなく実行されているようだ。

今回の任務は、改造した狩猟用の散弾銃と、散弾銃に用いられるショットシェルを利用した自作単発式拳銃を持った男の処理である。

それだけ聞いたのなら極めて危険な人物の印象になるが、実際には山に入って、狩猟でそれらを用いていただけの男らしい。

猟師としては一〇年を超える経歴を持っていた。周りからは「ライフル、せめてサボット弾を扱えるハーフ・ライフル銃を使え」と言われる事も多かったらしいが、彼はあくまで、あえて散弾銃のスラッグ弾を用いた単独での熊狩りを好む変わり者だった。

銃に関しては法律を犯しているが、事件を起こすタイプではないとして、長らくDAの監視下に置かれており、もし彼が何らかの思想に傾倒し始め、銃口を人に向けたら……いや、その可能性が高まったのなら、その時こそリコリスが動く手はずになっていた。

そんな彼が、何を思ったのか、突如として改造銃及び自作銃を持って、住んでいる埼玉県から東京の片田舎、それも狩猟の認められていない土地へと向かったのである。

そこで別任務に当たっていたフキとサクラ、そして名も知らぬサードの二人が緊急で駆り出され、この片田舎に送り込まれる事となったのだ。

目標の車は今フキ達のいる場所から五〇〇メートルほど離れた駐車場内にて、エンジンを切った状態で停車していた。

駐車場といっても営業している有料のそれなどではなく、何年も前に廃墟（はいきょ）となった公共施設の駐車場である。アスファルトは至る所が割れて雑草が茂り、入口も立ち入り禁止のテープが張られ、朽ちかけの三角コーンが置かれていたような場所だ。

同程度の荒れ具合からするに、フキ達が今いる公園も施設の一部だったのだろう。

辺り一帯は木々が濃く繁って施設を取り囲み、その向こうには畑とビニールハウスが広がっているような、そんな〝何か〟をするにはこの上ないエリアだった。

普通に考えれば試し撃ちだろう。だが、山や森で狩猟に使っている銃をわざわざ都内に持ち込んで、無数のリスクを抱え込んでまで今更試し撃ちなどするのは違和感がある。

そのため司令部は誰かしらの殺害または何かしらの破壊をするため、はたまた改造銃の売買をするのではないかと踏んで、対応する事となった。

そのため、司令部はフキ達を駐車場の入口が見える隣の公園にあえて配置し、猟師の処理自体はサードに任せたのだろう。

エンジンもライトも切った車中に居座っている猟師への奇襲など、サード・リコリスにも可能だが、売買などの目的でやって来るかもしれない車の処理——つまり警戒しながら走行している車への襲撃は彼女らでは荷が重いとしたのだ。

司令部からの通信が入る。声はオペレーターではなく、楠木司令自身の声だ。

『ポジションに就け。相手に撃たせるな、車中にいる間に処理しろ。完了次第、死体ごとレッカーで運び出したい』

素早くサードの応じる声がした。

「司令部、こちらは？」

フキの問いには、オペレーターが応じる。

『そこに向かっている車輛は現在確認されておりません』

つまり、駐車場の入口を監視していても仕事はない、ということだろう。

「了解。では、サードのバックアップができそうな位置に移動します」

『許可する』

今度は楠木司令だった。

無闇やたらにオペレーターを通さないあたりが楠木司令らしい。彼女は伝言ゲームのような無駄を嫌う。

フキはサクラを一瞥して合図を送ると、移動を開始する。

どこを歩いたとて誰に見られることもないだろうが、それでも一応公園内の物陰を渡り歩くようにして移動し、駐車場の入口付近に立っていた朽ちかけの看板の陰へと向かう。

顔を出して様子をうかがえば、辺りに街灯の類いはまったくないものの、月明かりだけでもだいたいは見渡せる。

駐車場の猟師の車、そのフロント部側がかろうじて見える。一〇〇メートルもない距離だ。

ごくごく普通の、使い古された軽自動車だった。タイヤやサスペンションの様子からするに、凄まじい重量になってしまう防弾仕様というわけでもなさそうだ。

そんなジムニーは廃墟の施設を背にし、フキ達——駐車場の入口側に向けて停められていた。

駐車場へ進入した後、ぐるっと回って止まったのだろうか？

何故？　フキの頭に疑問が湧く。わざわざ入口側に車を向けて停める理由は何だろうか。

帰る時、出やすくするため？　だだっ広い駐車場でたった一台だというのに？

いや、どうせ帰る時にハンドルを切ってぐるりと回るのなら、先に車の方向を変えても労力的には同じと言えば同じ。ならばやはり、意味などないのか。

あー、とサクラが声を出す。見やれば、彼女は夜では意味などないだろうに、日中遠くを見る時にするように、手の平で日よけを作って目を凝らしていた。

「ちょい気をつけた方がいいッスね。運転席で銃持ってるッス。……ストックが見えるんで、ライフルかショットガンッスね」

フキにはそこまで詳細には見えないが、サクラが言うのならそうなのだろう。彼女は田舎育ちのせいか、視力がかなり良かった。

自殺か？　フキは思うが、すぐに違うと感じた。

自殺ならどこでもできる。わざわざ遠出する必要はないだろう。思い出の場所で……という可能性もあったが、だとしたら車中ではなく施設内に入りそうなものだ。

ちらりと施設を見やれば、元々封鎖はされていたのだろうが、現在は一階部分の大半の窓や扉は破壊されており、簡単に出入りできる状態だ。

何より、車は施設に背を向け、入口側を向いているのだ。思い入れがあるとは思えない。ますます目的がわからない。それ故にさっさと彼を排除すべきだとフキは感じた。わからない、というのは予想がつかないことであり、すなわち危険なのだ。銃器という実行力を持っているのなら、尚更だ。

何なら〝恐い〟と表現しても良かった。

「……リリベルにやらせたい仕事だな」

こういう状況なら遠距離からの狙撃が一番早く、安全だ。だが、知識として学びこそするもののリコリスの装備には狙撃銃はもちろん、ライフルの類が入っていない。

一方で、リリベルの装備はリコリスよりはるかに充実しているし、訓練も十分過ぎる程にやっているはずだ。車中とはいえ、停止目標への狙撃など彼らにとっては朝飯前だろう。

だが、リリベルを動かす権限はフキ達にはないし、そもそも彼らが動くとなればそれは社会に激震が走るレベルの事件ということになる。予防処置的な危険人物の排除は彼らの仕事ではなかった。

何より、リコリスを指揮する楠木司令はこの程度の案件、手持ちの駒――リコリスで十分対処できると判断するはずだ。それはフキにとって確信だった。

たとえ、少女と制服という迷彩が逆に違和感を生む、今のような場所と時間帯であっても、実力的に対処不可能と判断しない限り、楠木司令はリコリスの投入を躊躇わない。

それを無能と思う者もいるが、恐らくそうではない。彼女が司令になってからずっとその仕事ぶりを見てきたフキには――。

『開始します』

サードの声がして、フキは思考を断ち切った。

白い制服を身に纏った二人の少女がジムニーの後方にあった茂みから音もなく現れ、静かに車体後部に張り付いた。彼女らの手にはサプレッサーが装着された四五口径のグロックという、東京のリコリスの標準的なそれがある。

二人とも姿勢を車の窓よりも低くしたまま、左右に分かれる。一人は運転席側へ、もう一人は車体を舐めるようにしてフロントへ回り込む。

先に運転席側のサイドに就いたサードが立ち上がり、窓越しに発砲。

直後、フロント側からのサードも立ち上がると、即座に撃つ。

十字射撃。二人共に、連射。

少女達がそれぞれ五、六発ほどを撃ち込んだところで、射撃は止まった。

サード達は構えたまま数秒待つと、運転席側の少女がドアを開け、中をのぞき込む。その間もフロント側は構えを解かない。

「いい感じッスね」

確かに、とフキも思う。正直にいえば、今回の任務はサードには少々荷が重かった。見た目の効果がマイナスにしか働かない状況でのポジション取りに加え、二人のコンビネーションが重要になる。

さらに車のガラスを破る以上、放った弾頭は基本的に直進しない。特に円頭型(ラウンドノーズ)の弾頭であったとしても貫通力という点においてはいささか弱い四五口径である以上、確実に対象の息の根を止めるには連射は必須だ。そしてそれは大の男なら何ら問題のないそれであっても、華奢(きゃしゃ)な腕の少女には簡単ではなかった。

とはいえ、サードの彼女達はそれらをきちんとやり遂げていたし、何よりもフロント側のサードがあえて一瞬遅れて立ち上がったのをフキは評価したかった。

車は右ハンドル、さらに右利(き)きの多い日本である。目標が銃を持って運転席に収まっている場合、己の右側に向けて発砲するのはかなり苦しく、ドアの向こうにいるサードの気配に感づいたとしても対応が大きく遅れるのは確実だ。ストック付きの長物なら尚更(なおさら)である。

だが、フロント側……すなわち、正面へは後手になったとしても、つまりは撃たれながらであっても撃つ気になれば、撃ててしまうのだ。

だからこそ、撃たれにくい右手側から奇襲を行い、それからフロント側の射撃を開始……そうする事で安全に処理ができる。

フキからは見えなかったが、予想するに、恐らく対象の猟師は右手側から撃たれ始め、パニックになりながら手にしていた銃を向けようとするも、その頃には正面にもう一人現れ、銃口が向けられ、そして発砲されて……。

とてもではないが、猟師の男に対処のしようなどなかっただろう。

「あの二人、確かセカンド候補だったはずだ」

「どうりで、って感じッスね」

『処理を確認しました』

運転席を覗き込んでいたサードからの報告だ。

彼女は頭を車中から出し、ドアを閉めた。それでようやくフロント側の少女も銃を下ろす。

『よくやった。後はこちらで処理する。任務完了だ、撤収しろ』

楠木司令からの言葉でサード達の緊張が解けたのが、離れていてもフキにはわかった。

二人は銃を右手に下げたまま、左手を掲げてハイタッチ。

仲の良さそうな二人だと、フキは思った。

「はい、というわけで今回も出番なしで終わりッスねー」

つまらなそうに、サクラが言った。

「それでいいんだよ、それで。さぁ帰——」

——ドンッ！

爆音が、轟いた。

フキの視界の端で、ジムニーのフロント部の先端——ライト部が弾け飛び、サードの二人がその衝撃で倒れていくのが見える。

フキは即座に背負っていたサッチェルバッグから己の銃を引き抜きつつ、サクラの襟首をつかむと、引きずり倒すようにして二人で看板の裏に身を隠した。

「散れ!!」

無線を使わず、生声でフキは二人のサードに叫んだ。

サードの二人は明らかにパニックになりながらも、慌てて立ち上がると、銃を手に握ったまま走り出す。

だが、同じ方向に逃げてしまい、二人はマズイと思ったのか、ビックリするようにしてお互いに相手の顔を見、お見合いするようにして立ち止まってしまう。

経験の浅さが出た。運悪く同じ方向に走ってしまったとしても、止まるべきではなかった。

その時、再び爆音が轟く。

サードの一人のサプレッサーが粉々になって銃と共に吹っ飛び、持ち主もまた弾かれたようにして地面を転がった。

紛れもない、銃撃。飛来した弾頭はサプレッサーに当たったのだ。

音はあまり聞いたことのない射撃音かつ、かなりのパワーがあった。敵の得物が読めない。

「フキ先輩、建物の中からッス！　さっきデカイマズルフラッシュが！」

「見えたんなら撃て!!　音出していい!!　ってか出せ!!」

サクラは慌てて銃を取り出し、引きずり倒された体勢のまま——地面に転がったまま身をよじって看板の脇から顔と手だけを出すと、施設の二階か三階部の窓に向かって撃ちまくる。

フキ、無線でサードを呼びかける。逃げろ、と。

『み、右手の指が……折れ……』

「怪我の報告はいらねぇ！　走って逃げろっつってんだよ!!　死にてぇのか!?」

フキは看板から飛び出して走る。その間も大雑把に施設へ向かって銃を乱射する。

サクラと違っておおよその位置しかわからないが、それはそれで十分だった。

射手がもう一人、別にいる、お前を狙っているぞ、と相手にアピールするのが目的で、逃げるサードから狙撃者の意識を引き剥がせればそれで良かった。

銃は狙わなければ当たらない。距離があるなら尚更だ。だが、銃を知っている人間は〝まず当たらない〟というのをきちんと理解した上でなお〝当たるかもしれない〟として行動する。

一発でも当たれば全てが終わる、それが銃というものだし、まぐれで当たる事だってある。だからこそ、自分に向けて発砲されると普通のガンナーは強烈にプレッシャーを覚える。必ずと言っていいほど頭を引っ込めるし、そうなればそう簡単に発砲もできなくなる。

普通の人間ならば、だ。

フキの記憶には飛び来る銃弾の中を平然と歩きながらかわし、平然と反撃に出る頭のイカれた古い相棒の姿もあったが……あんなバカがそう何人もいてたまるか、と意識から追い出す。

フキは発砲しながらサード達を見やる。

二人が走って行く姿。それは数秒と経たずに繁った草木の中に消えていく。それを確認してから、フキもまた駐車場内に立つ木の陰に飛び込んだ。

結局最初の二発以降、施設側からの追撃はない。

だが、フキに〝やった〟という手応えもない。

太い木の幹を背にしつつ、握ったグロックからマガジンを地面に落とし、新たなマガジンを装塡。そして、熱を持っている銃口にサプレッサーを取り付けた。

月明かりだけの夜、そこの木陰は自分の手がかろうじて見える程度の暗さだったが、問題はない。このぐらい全ては目を閉じていてもできる。

「サクラ、良かったな、お前が望んだ状況だぞ」

『……ッスね』

「何だ、ビビってんのか？」

『ビ、ビビってないッスよ！』

それでいい、と、フキは少し笑った。

「おっぱじめんぞ。仕事の時間だ」

フキの予想通り、司令部からは先ほどの狙撃者の抹消が命じられた。

リコリスの仕事を見られ、かつ、銃器を持ち、さらに人に向かって発砲している……どう甘く見積もってもリコリスが排除すべき危険人物と言わざるを得なかった。

しかし、完全に後手を踏んでいる。普通なら上空のドローンでの監視及び追跡だけ行い、現場の人間は一度撤退して態勢を立て直すべきではあった。

だが、ファースト・リコリスのフキがいたため、その必要はないと司令部は判断したらしいが……実際のところは違うだろう。

恐らくそれ以上に、狙撃者の存在が不明瞭過ぎるが故だと、フキにはわかった。

あまりにも情報がなく、万が一、今ここで取り逃がせば追跡できない可能性が高い。

都市部ならありとあらゆる手段でもって追跡できるが、都内であっても片田舎ともなればその監視網はどうしても穴が多くなる。

司令部としてはわずかでも逃がす危険を冒したくないのだ。

『この状況にフキ、お前がいることは幸いだった』

「……どーも」

楠木司令の声。ネガティブに思うな、頼りにしている、という遠回しな応援なのだろう。

元々任務中に意味のない発言を通信に乗せる人間ではない。それ故に今の状況が芳しくない、というのを如実に感じた。

単に、退かせるつもりはないから頑張れ、という意味かもしれない。……多分、全てだろう。

「さて、どうすっかな」

フキは敵を思う。先ほどの改造猟銃を持っていた目標を処理する前段階で、すでに司令部が操作するドローンにより、周辺の探査は完了しており、近づく車はもちろん、近隣エリアに人の動きもないと判断されていた。

それでも狙撃者は現れた。ということは……。

「……あらかじめ建物の中にいたか」

路上生活者か？　ありえる。だが、そんな奴が銃を持つか？　持っていたとしても、それを自分に危害を加えるかどうかもわからない相手に向かっていきなり発砲するだろうか？　むしろ息を殺して全てが過ぎ去るのを待つだろう。

予想がつかない。何より、基本的に銃所有が禁止されているこの国で、猟銃とはいえそれを持った男が不審な動きをし、突如出かけた先に、さらに銃を持った人間がいる、というのはどういう状況だというのだ。

武器の売買でもしようとしていたのならそれもありえるだろうが、だとしてもいきなり発砲はないだろう。

何にしても、尋常ではなかったし、偶然が重なったとも思えない。

自分達は〝何か〟に足を踏み入れてしまったのだ。……気を抜くわけにはいかない。

「サクラ、援護しろ。建物に突入する」

『ッス！』

わけの分からない応答だったが、了解ということだろう。隣にいたらドついているところだ。

「カウント、三、二――」

サクラの銃撃が始まったのを合図に、フキは木陰から飛び出し、建物へ向かって疾走。そして割れていた窓へと飛び込んだ。

尖ったガラス片がフキの体をひっかこうとするが、顔は腕で、体は制服が守った。

かすかな甲高い破砕音と共に中へ侵入を果たすと、そのまま床を一回転し、動きを止めずに室内の奥の壁へと体を密着させる。そして、銃口を辺りへと素早く向けて安全を確認した。

建物内はほぼ暗闇だが、それでも窓からの月明かりでかすかに見通しが利く。

廊下だった。人気はない。

『増援を向かわせる、無理な攻め方はするな』

「不要です」

『予想がつかない状況だ。用意して損はないだろう』

その通りではあった。だからフキもそれ以上何も言わなかった。

ポケットの中のスマホが振動する。辺りを警戒しつつ、開き、輝度を急いで最低にした上で見る——サクラからのメッセージだ。

《さっさとぶっ倒しましょ！》

サクラもまた自分達だけでケリを付けたいのだろう。だが、通信回線に声を乗せると司令部への反感と捉えられかねないため、わざわざスマホで打ってきたのだ。

大雑把に見えて、案外繊細な小娘だった。とはいえ、残念ながらこのスマホとて司令部の管理下にあるので、恐らく把握されるだろう。

ただ、サクラのそうした未熟さや、ネガティブに見られたくないとする彼女の気持ちは悪いものではないため、司令部としても鼻で笑ってスルーするだけのはずだ。

フキはスマホをしまうと、ヘッドセットの音量も限界まで下げる。

暗闇では音が頼りだ。不意の通信で邪魔をされたくはない。

「サクラ、動くぞ」

『あーしも行きます！』

「そのまま真っ直ぐに来んなよ。撃たれるぞ。大きく回って、裏から入れ」

『了解、じゃ中で合流ッスね。……撃っちゃ嫌ッスよ？』

うるせぇ、とフキは言い捨てると、サッチェルバッグからフラッシュライトを取り出し、静かに動き出す。

ライトはまだ付けない。ライトを付ければ見通しは利くが、敵に居場所を知らせながら歩くようなものだ。先手をくれてやりたくはなかった。

フキは上階へ繋がる階段を探して歩く。

壁に書かれた文字や、落ちているポスターらしきものの残骸からするに、元々ここはこの地域の文化会館のようなものだったらしい。

コンクリ造りだが古く、壁の至るところに大きなひび割れもあるので、恐らく耐震性に関連する法律が変わったタイミングか何かで使われなくなったのだろう。

『建物内の図面が手に入った。必要があれば確認しろ』

フキは倒れていた机の陰にしゃがんで身を隠してから、スマホを見る。

建物の図面……建築確認申請の際のものだろうか。古いもののようだ。

そこの情報からするにやはり文化会館だったらしい。三階建て。一階は出張役場のような役割を持っていたようだ。大きなカウンターがあって、その奥に広いオフィス状の空間がある。

二階は大小の部屋、三階はちょっとしたホールのようになっているらしいが……内部が今現在どうなっているのかは図面だけではまったくわからない。

とはいえ、駐車場を見下ろし、銃撃することができるのは、二階にせよ三階にせよ、廊下側である。部屋を一つ一つ索敵していく手間は必要なさそうだった。

「……サクラ、そういやお前、マズルフラッシュを見たのって何階だ？」

『三階ッスね。建物の端っこ……駐車場から見たら右側に寄ってた感じッス』

ならばまずは二階をスルーし、三階から当たっていくか。今こうしている間に移動している可能性はあるが、それならそれで上から順にクリアリングしていけばいいだろう。

楠木司令からの通信が入る。

『サクラ、お前から見て建物の左端、つまり東側に増設された非常階段がある。ドローンからの映像を見る限りは使えそうだ』

『ラジャッス！　それで三階を目指すッス』

フキは図面から階段の位置を確認する。

内部の階段は一つだけで、建物の西側の端にあるだけだ。

図面に記載された方位からすると、北側に駐車場があって施設はそちらを向いているため、西側にある階段を上ると——サクラがマズルフラッシュを見た施設三階の右端に行き着く。

「……仕方ねぇ」

階段で目標とかち合うのは避けられなそうだ。

基本的に階段は上にいる方がアドバンテージを持ち、待ち構えるならそれは圧倒的なものになる。

だが、行くしかない。これがフキの仕事なのだ。

素早く静かに移動しつつも、常に銃を構えて警戒したまま、フキは一階部を移動する。

両手で銃と共に消灯のままライトも一緒に握り込むようにして構えており、いつでも前方を照らせるようにした。

…………静かだった。

自身のかすかな足音だけしか聞こえない。

敵も息を殺しているのか、それとも単にまだ距離があるからなのか。

砕けたガラスの破片が散らばる通路を進むと、どれだけ気を遣ってもジャリジャリというなかなかの音がする。それは敵に居場所を報せているような気がしてストレスだった。

だが、目標は三階にいるはずだ。油断はできないが、ここはまだそういう時じゃない。そのジャリジャリ音もさすがに三階までは聞こえない……いや、聞こえるか。

何にしてもあせんなよ、と自嘲するように胸の内で唱え、軽く呼吸を整える事で心拍数をも抑え込む。

階段へ。ここも静まりかえっていた。カビの臭いがするだけ。ここは窓がないため、やたらと暗い。

階段で目をこらせば、途中で踊り場を挟んで折り返していく、ごくごく普通のコンクリ階段なのがわかる。

フキは階段の壁に背をこするようにして、しかし即座に動けるように体重はかけず、慎重に上方へ銃とライトを構えながらゆっくりと上っていく。

一階と二階の間にある踊り場に到達。何もない。

そのまま二階へ。

何もない。気配も感じない。先ほどの狙撃箇所から動かずにいるとすれば狙撃者はフキの頭上にいるはずだが……果たして。

静かに、しかしゆっくり大きくフキは一度深呼吸すると、動き始める。

ヘッドセットからサクラが建物外周にある非常階段に到達した旨の通信を受ける。返答したいが、数メートル内に敵がいる可能性もあってフキは応じずに、マイク部をトントンと叩いて了解の意を伝えた。

サクラも司令部も、フキが今三階に到達しかけているのはそれで察したことだろう。

フキ、二階三階の間にある踊り場へ向け、階段を上り始める。最大限に上方を警戒する。真上から狙っているのならば、もはやいつ銃撃があってもおかしくはないのだ。

一段、また一段と慎重に、静かに上っていく。

うるさくなりかける鼓動に〝黙れ〟と命じ、一段、また一段。

あと、四段ほどで踊り場、折り返しになる。そうなれば進行方向と構えの向きが揃うので多少楽になる。

一段、また一段と足を上げた——その時だった。

フキの足の脛(すね)――ストッキング越しに、かすかな筋張った感触。

ゾワリ、とした。極細のワイヤートラップだ。

だが、まだトラップにかかってはいない。触れただけで、とどまれた。

誘い込まれたか。三階の西の端であえてマズルフラッシュを見せて存在をアピールして呼び寄せれば……必ず上方を警戒する以上、足下への注意がおろそかになるのは当然……。

全て仕込まれていたとしたら……サクラがマズイ。

「サクラ待て！　階段にトラップがあるぞ！」

リスク覚悟でフキが無線機に言った直後、それは来た。

頭上、三階で何かが動く気配。

胸に湧く、来る、という確信。

そして肌に感じる視線――殺気。

フキ、未(ま)だ上方に向けたままでいたライトを点灯。軍用のそれはコンパクトな外見からは想像も付かないほど強力な光を放つ。

「くっ⁉」

男の短い呻(うめ)き。明かりの中に大柄な男の姿、太い腕だけが手すりを乗り越え、フキに向けられていた。それが何かを握っている。銀色の、何か。大きな……。

だが、それがなんであってもフキのすることは一つだけ。

トリガーを引き絞る。

サプレッサーのくぐもった銃声、そして同時に空気が震える爆音。

フキと三階の男（ガンナー）、上下で互いに銃口を向け合い、発砲した。

猛烈なマズルフラッシュで辺りが照らされる中、三階の男は身を退き、フキもまた階下へ向かって躊躇（ちゅうちょ）なく身を転がす。

階段の角が全身に喰（く）い込むが、痛みを感じる余裕はなかった。

二階まで転がり落ちると同時に三階に向かって三発放つ。威嚇。今追撃されたくはなかった。

撃つだけ撃って、フキは二階フロアに並ぶ大きめの部屋の一つに飛び込んだ。

そこは部屋の奥の南窓から月明かりが差し込んでおり、多少見通しが利（き）く。

子供が描いたと思（おぼ）しきヘタクソな絵が飾られた縦二メートル、横一メートルはある掲示板が何基も乱雑に並び立っているので、その内の一つの陰に体を隠した。

この施設の最後の時、この部屋では子供の作品の展示会でもやっていたのだろう。

フキは乱れてきていた息を整える。

『先輩、無事ッスか⁉』

「……心配すんな、そっちは？」

『フツーに三階のトコまで登って来たところッス』

目標は三階の階段の上に陣取っており、二階と三階の踊り場手前にトラップ、感づいた直後に撃ち合いになり、お互いに退がったことを告げる。

そして最後に、目標は銀色の何かしらの銃を片手で保持していたことを付け加えた。

『了解ッス。そういう状況なら、あーしの方から攻めた方がいいッスね』

挟撃できれば相当にやりやすくなる。サクラが主攻になるのが気になるが、これぐらいできなければ自分の相棒としてはふさわしくな――。

『司令部から伝達。現在バイクが一台そちらに向かっています』

あ？　と、思わず変な声が出た。

それがどうした、と言ってやろうとしたが、司令部からの報告の続きに、フキは思わず出かけた言葉と息を飲み込んだ。

『ナンバープレートから三日前に盗難届けが出されたバイクだと確認。また、ライダーにホルスターの装備があり、そこには銃把らしきものが確認されました』

そんな奴がたまたまこの何もない田舎道を走り抜けていくわけがない、ということか。

フキは握り締めたままでいたフラッシュライトをスカートのポケットに収め、代わりにスマホを抜き取り、司令部のドローンが今現在撮影している映像を映す。

暗い夜道を確かに一台のバイクが走行していた。しかもよく見ればライダーはバイク用と思しきプロテクターで全身を固めているようだった。

そのライダーにズームし、補正がかけられた静止画像が別途送られてくる。

すると左太もも部には確かにレッグホルスターが取り付けられており、そこから拳銃らしきグリップがはみ出ていた。

フキは静止画像からリアルタイムの映像へスマホの表示を戻した。

バイクが急激に速度を上げる。まるで何かを急ぐかのようだった。

何を急ぐ？　そう思った時、スマホの片隅に表示されている時計がフキの目に入った。

二時五九分。それが三時になると同時に、まさに計ったかのようなタイミングでバイクは施設駐車場に突入。直後に左太もものレッグホルスターからハンドガンを抜く。

ライダー、走りながらどこぞへ向かって連射。その音は空気を伝って施設内のフキの耳にまで聞こえてくる。

フキ、映像を引く。

ライダーが狙ったのは、例の停まったままのジムニーだった。

ライダー、ジムニーの脇を抜ける間も運転席に向けて撃ち続け、通り抜けるなり、真っ直ぐに施設へと走った。

そして入口前、バイクはドリフトをするようにして減速すると、止まりきる前にライダーが飛び降りる。

バイクは転倒し、地面を滑っていく。

だが、それを気にした様子もなく、ライダーは地面を転がり、その勢いのまま立ち上がると動きを止めることなく施設内部へと走り込んで行った。

『フキ先輩、これ、どういう状況ッスか⁉』

同じ映像を見ていたであろうサクラが困惑した声を出す。

何もかも、わけがわからない。

ただ、三階にはガンナー、一階からはライダー。

そして、彼らに挟まれるようにして二階には自分がいる……。

三階のガンナーを挟み撃ちにできるはずが、いつの間にか自分が挟み撃ちにされるかもしれない状況だった。

いや、ライダーがガンナーと仲間でない可能性もあるが、自分が攻撃されないと楽観できる要素は微塵もない。

「何がどうなってんだよ、マジで」

わけがわからない。だが如何なる状況であるにせよ、後手を踏めば、不利だ。

動くしかない、いや、動くべきだ。

『フキ、サクラ、挟撃されるな。先に三階の目標から処理しろ』

楠木司令も同じ判断をした。フキに反論はなかった。

まだ一階からあのガラス片の道を歩む音も、階段を上がってくる足音もない。この内にケリをつけられるか。

　フキは銃を握り直し、掲示板の陰から出る。

『ラジャッス。サクラ、三階に進入しま――』

　盛大な爆音がとどろき、フキのいる部屋の窓がビリリと震えた。

　爆音はやや上方の、外。

　そしてサクラの無線の不自然な途切れ方……つまり、それは。

「サクラ⁉」

『非常階段三階部で爆発を確認！　炎が……！』

　司令部オペーレーターの声。サクラはどうなった、見えるか、確認しろ、頭に言葉が浮かぶがそれらがフキの口から出るより先に、それは来た。

　フキのいる部屋を覗き込む、フルフェイスヘルメット。

　全身をプロテクターで固めた長身の男。ぬるりと一歩、室内に踏み込むと同時に両手で握った銃を向けて来る。黒いオートマチック。

「なッ――」

　ライダー。彼は気配も音もなく現れ、そして当たり前のようにフキへと向けてトリガーを引く。

　――なめんな。

　フキは、動く。後ろでも横でもなく、自分に向けられた銃口――今し方自分に向けて発砲するライダーへと向かって、飛び出す。

しゃがんだ体勢から床を這うような低さで、前のめりに倒れるように、飛んだ。

放たれた弾丸がフキの髪の毛を散らしつつ、頭上をかすめていく。

全身が床に落ちる直前、フキは左手を先に床へ突いてわずかばかり体を持ち上げると同時に、さらにそこから床を蹴り、体勢を上げることなくさらに加速。

ライダーとの距離、七メートル前後あったそれを一瞬にして消失させる。

二発目はまだ、ない。

フキ、体をねじって右肩から床に落ち、背中を滑らせつつライダーの股の間を頭から抜ける――際に、撃った。

直下からの二発。二発目は外れたが、初弾がライダーの右太ももを貫いた。

「ぐぁっ⁉」

ライダーは野太い声を上げ、傷口からドパッと血を吹き出しながら尻餅をつく。

フキは慣性に逆らわずに床を仰向けのまま滑り行き、ライダーの下を抜けていた。

フキはそのまま身をよじって転がり、起き上がる。そして大きく踏み込むようにして背を向けるライダーとの距離を再び詰める。

ライダー、尻餅を落としたまま右に身を捻り、左手に握っていた銃――ベレッタを背後にいるはずのフキに向けて撃ちまくるも、その捻った体に合わせてフキは彼の背側――左側へと移動して死角に身を逃がしつつ、ほぼほぼ密着状態で――発砲した。

ライダーの背中へ、二発。

彼が呻きながら前のめりに一度つんのめるも、足を前にしての尻餅をついていた体勢のせいで、バネ仕掛けのようにして背後へ――仰向けになって倒れる。

フキはフルフェイスヘルメットのバイザー越しに、男と目が合ったような気がした。

しかしそれをはっきり認識するより先に、フキはリコリスの標準装備である金属製カップの仕込まれた靴でそのバイザーをしたたかに踏みつけて砕き、その向こうの顔面をも一緒くたに潰す。

そのまま無防備になったライダーの胸元へ、撃ちまくった。

装備はバイク乗り用の物なのか、防弾ではなかったようで、たやすく砕き、その下から血が吹き上がった。男の体がビクンビクンと激しく震える。勝敗は完全に決した。

ライダーのヘルメットから足を引き抜くと、フキは部屋の外を警戒するために銃口を通路側へと向ける。

そして、そのまま深く息を吸って、吐いた。

全ては三呼吸に満たない攻防……何とか凌いだ。

完全に虚を突かれてしまったせいで、危ないところだった。

最悪のタイミングで……いや、それだけではない。一階から二階へ接近されたのにまったく気がつかなかったのが何よりの問題だった。

「……あぁ、なるほどな」

その原因はライダーの足を見て、すぐにわかった。

靴にタオルが巻き付けてあったのだ。これなら普通の足音はもちろん、細かなガラス片を踏んだとてその全てを柔らかに包み込み、音を殺してしまうだろう。

しかもよく見れば彼の服、そしてプロテクターなどに付いている紐（ひも）や、こすれそうな金具の部分全てにビニールテープが貼られており、どう動こうが絶対に音がしないようにされていた。

完全に、闇夜での戦闘を想定した装備だった。

何だコイツ……。そんな疑問を抱くも、それより先に報告をするべきだった。

「先ほどのライダーと遭遇。攻撃されたため、処理しました。……サクラは？」

『上空のドローン映像からは確認できません。本人からの応答もありません』

オペレーターによると、サクラが三階へ突入せんと非常口の扉を開けた瞬間に爆発が起こり、爆炎が吹き上がったらしかった。

炎自体はわずかな時間で消えたらしいのだが……。

フキは思わず舌打ちした。やはり向こうにもトラップがあったのだ。

そして、リコリスは平和な日本での日常に特化した暗殺技術しか本来は持ち得ていない。トラップが仕掛けられた建物に突入などセカンドでさえも領分ではなかった。

『フキ、ライダーの顔は確認できるか？　写真を送れ、素性を探る』

「少し潰しちまいましたが……了解、撮影します」

今すぐにでもサクラがぶっ飛んだ非常階段に駆けつけてやりたいが、楠木司令からの命令は絶対だった。何より、爆発でサクラがやられていたとして、近くに敵がいるであろう状況下で真っ当な治療などできようもない……だから、命令に従うべきである。

そう、フキは自分に言い聞かせた。

フキは念のため、男がまだ左手に握ったままだった銃を先に取り上げるのだが……その際、男の指に触れ、違和感を覚える。

指ぬきグローブを着けた男の手。だが、今、フキの手がかすかに触れたライダーの指先は不自然に硬かった。

彼の指先をつまむようにして触って、その理由がわかる。

「……マジかよ、お前」

接着剤か何かで指先をコーティングしているのだ。指紋を残したくなかったのだろう。

そう考えると、フルフェイスヘルメットを着けたままでいたのは、防御よりも髪の毛の類を落とさないようにするための物だったのかもしれない。

しかし、ここまで気をつかっておきながら銃はサプレッサーも何も付いていない、使い古されたベレッタだ。M92F……いや、M9だ。

フキは驚きと共に銃に目を凝らした。月明かりに照らして、ベレッタのスライドの刻印を再度確認する。

U.S. 9mm M9

民間モデルではない、米軍に正式採用されていたベレッタだった。

フキはベレッタを捨てると、廊下の方を警戒しつつ、ライダーのヘルメットを外す。鼻が潰れた血まみれのアジア系……というか、そこいらにいそうな日本人らしき男の顔が出てきた。

フキが日本人と感じたのは、顔の造りもあるが、それ以上に男の耳が柔道耳だったせいだ。

餃子耳(ギョウザ)、カリフラワーイヤーとも呼ばれるその耳の形状は、長い期間、柔道をやっていると耳がこすれ、潰れを繰り返すことで、腫れ上がったような形状で定着してしまうものだった。

レスリングなどでもなるが、日本で、アジア系の顔で、耳がこれともなれば、おおよそ柔道をやっている日本人だとするのが最も確率が高い。

何にせよ、米軍ではなさそうだった。

そもそも軍に身を置き、銃器を持ち出したというならライダーの装備はいささか中途半端(ちゅうとはんぱ)だ。銃を持ち出すなら防弾装備ぐらい何とでもなるはずだろう。

また、M9は正式採用こそされたものの、現在では既に旧式だ。本国などでは世代交代に合わせて民間市場に流れているはずだし、その前後で行方知れずになった個体も少なくないはずだった。

当然、在日米軍でも、だ。

明らかに使い込まれたベレッタだった。廃棄予定の銃をちょろまかして、小遣い稼ぎに日本人に密売した兵士がいたとしてもおかしくはない。

フキはスマホで死んでいる男の顔を撮影。これを司令部へ送って、指示を待った。

そのわずかな時間にも、フキの頭は回り続ける。

サクラは無事なのか。

何故夜戦用の装備を整えた男が？

猟銃の男と、三階のガンナーとの関係は何だ？

何故連中は発砲に躊躇いがない？

……ここは、何だ？

疑問が湧く。だが、それらの答えは手持ちの情報だけでは見つけられそうもない。

司令部からの命令は未だない。独自に動くべきか。

だが建物内の階段を上ればトラップに加え、先ほど同様にガンナーが待ち構えているだろう。

では非常階段に出るか。こちらもトラップが発動したことで、そちらから迫り来る敵の存在をガンナーは警戒している可能性が高い。

どちらにせよ不利なイメージが湧く。しかし、行くなら非常階段側か。もしかするとサクラの安否が確認できるかもしれない。

よし、とフキが覚悟を決めた——そのタイミングで通信が入る。

『ライダーの顔の照合が終わりました。身元を確認……神奈川県警の刑事です』

刑事。ならばベレッタは横田あたりから流出した物か。所持していた暴力団でも取り締まって、その際の押収物からパクったか。バイクもそれと同様に盗難車輌を……。

それはありえる。だが、それ以外は何も結びつかない。

恐らく司令部はすでに背景を調べるために、その刑事の個人情報にアクセスし、通信記録の類にまで手を出しているだろうが、この状況の間に調べ終わることはないだろう。

『フキ、窓の外だ！』

楠木司令の慌てた声。ライダーの死体を見下ろしていたフキは窓を見る。

窓ガラスの向こう、上方から伸びる細く黒い一本の筋。

それに繋がる人影。

窓に密着しているブーツの靴底が二つ、そして——向けられている、大きな銃口。

「なっ⁉」

強烈なマズルフラッシュ。

ガラスが砕け散る。

爆音のような射撃音が室内に轟いた。

フキの側頭部に衝撃。頭を殴られたようにしてフキは床を転がった。弾丸がかすめたのだ。

それはかわした、というよりはかすめて通り抜けた際の衝撃と驚きによる転倒だった。

フキは地面に落ちると同時に無理矢理に体を転がして、来るかもしれない二発目から逃げる。

だが、即座の二発目はなかった。

視界の端でかろうじて捉えると、大柄な男もまた床を転がっていた。

恐らく三階窓からロープでぶら下がっていた男――あのガンナーは地面に水平になるよう二階の窓ガラスに立って撃ったのだろう。

その後、ガラスが砕け、振り子のようにして、二階の室内へと飛び込んできたのだ。

互いの回転が止まると同時に、相手に向かって射撃。

サプレッサーのくぐもった射撃音と相手の爆音。双方威嚇目的のそれ。当たるわけもない。

互いに距離を取るようさらに床を転がり、掲示板が乱立するその部屋の隅と隅に陣取った。

フキ、片膝突いた体勢でグロックを構える。だが敵は見えない――目前にあるのは立ち塞がる掲示板、敵はその向こう。しかし相手も同条件のはずだ。

撃つか、やれるのか。残弾を思う。

ライダーに使いすぎた。今し方の一発もある。

記憶を頼りに数える――残り一発。リロードしたい。しかし、この状況でその隙があるのか。

互いに相手を視認できない状況……リロードを感づかれ、好機とばかりに撃ちまくられる可能性もあるが、その初弾で決められることは恐らくないはずだ。ならば……。

「……やはり、リコリスか？」

ガンナーの低い声に、フキのリロードの手が止まった。

リコリス、それを知る者は多くはない。

良くも悪くも昔からリコリスと繋がりのある裏社会の者、警察を始めとした協力関係にある公的組織の中の一部の者達、そして一部政治家……。

仮に彼らが口外したとて、リコリスという本来あり得ない存在は都市伝説以上のものにはならず、それを何とかして世間に知らしめようとしようものならば、即座に排除対象となって人知れずこの世から消えていく。

それなのに、リコリスの名を知り、フキの姿を見た事でその名を口にできるとなれば……相当に絞られる。

「なぁ、おい、小娘、返事しろよ」

声でおおよその敵の位置がわかる。フキは構えていた銃口の向きを少しずらした。

しかしそこもやはり掲示板が立ち塞がっている。これを貫通して殺せるだろうか。

「どうせここから生きて出られるのは、一人か多くて二人。いいじゃないか、機密でも。どうせ広まらないさ。……喋れよ」

司令部は沈黙していた。こちらのやりとりは聞こえているはず……と思ったものの、そっと己の耳に触れてみると、そこにあるはずのヘッドセットがなくなっていた。

　先ほどの弾丸がかすめた際に持って行かれたか、床を転げ回った際に落ちてしまったようだ。

　さすがにフキは舌打ちした。

「……わーったよ。そうだ、リコリスだ。で？　お前は？」

「実在したか。いるのだろうとは思っていた。この国の平和は歪で、不自然過ぎた」

「お前は誰だってコッチは聞いてんだよ」

「俺は参加者さ」

　参加者？　フキは思わず聞き返していた。

「その様子じゃ単にリコリスの仕事で来たな？　ということはあの外の奴をマークしていたわけだ？　いきなり始まったから、こちらの時計が狂っていたのかと慌てたぞ」

　フキは相手が喋っている間にサッチェルバッグへと手を伸ばし、新しいマガジンを握り込む。背負っていたそれは武装の収まる鞄であると同時に、下方から素早くマガジンを取り出せる特殊構造になっている。だが、どうしても若干の音が出る。フキはそれを相手の声の中に紛れさせていた。

　当然、グロックからマガジンを抜き、取り出したばかりのマガジンを装填するにも音がする。

　だから、フキはあえて会話を続けた。

「何でリコリスを知ってる？　参加者ってのは、何に参加してんだよ？」

「質問は一つずつだ」

「順番に答えろ」

「おいおい、尋問か？」

「話しかけてきたのはそっちだろうが」

　こちらが喋っている間では相手が耳を澄ましている。だからリロードはできない。また、短く喋られてしまうとリロード音がはみ出しかねない。長く喋らせたかった。

「じゃあまずは一つめだ、何でアタシらを知ってる」

「昔、自衛隊にいた。そこで噂を聞いた」

「警察に、自衛隊かよ」

「警察？」

「ここに走り込んできたライダーだ、今そこで死体になってる。刑事なんだろ？」

「そうなのか」

「お友達じゃねぇのかよ」

　なかなか長く喋らない男だった。思わず苛立つ。

　いっそさっさとリロードしてしまおうか。そう思うも、その音や気配が攻撃開始の切っ掛けを与えることになるのは間違いなく、掲示板の向こう側では自分に銃口が向いているはずだと思うと、どうしても躊躇いが出る。

　マガジンを捨てて、新しいそれを銃に装填するのに一秒もかからない。だが、早くやろうとするとそれに比例して音や気配は大きくなる。静かに、ゆっくりとやるには数秒はかかる。

やはり、男を喋らせるしかない。

「駐車場でくたばってる奴は猟師だった」

「刑事に猟師か。面白い」

「別に面白くはねぇよ」

「……刑事の銃はベレッタか。押収品か？　ニューナンブよりはマシだな」

「何なんだよ、お前らは」

沈黙。

……来るのか。フキはグロックを握る右手の人差し指をトリガーに置いた。

トリガーから飛び出している出っ張り——トリガー・セーフティをそっと押し込みつつ、トリガーのテンションをその指先に覚えるところまで行く。

銃に収まる残弾一発でどこまでいけるか。

「俺達は参加者だ。今宵のゲームの……」

男は楽しげに語り出した。フキは人差し指の力を少し抜き、左手に握ったままの新しいマガジンを意識しながら、男の言葉に耳を傾けた。

とある場所に匿名コミュニティが存在しており、彼らはそこのメンバーなのだという。メンバーを繋ぐのはただ一つ、『銃好き』ということ。それもどこの組織が何の銃を使っている、テクニック、歴史、法律、哲学……そういった細々したものではなく、『人を撃つ』という一点においてのみ、特化して愛する者達だった。

「つまり、『銃で人間を殺すこと』が好きな奴ってことか」

「そうだ。だからこうなるのも自然な流れだ。人気のない……射撃音が民家まで届かないこの場所に、この日、午前三時、本物の覚悟を持った有志のみで集い、望むままに殺し合いをしようってな」

フキは今の男の語りの間にリロードを終えていたが、会話を続けた。

「くだんねぇな。自分の頭でも撃ってろよ」

「それこそつまらない」

「まぁ、そこいらの民間人を撃たないでいた事だけは褒めてやるよ」

もしこの平和な日本でそんなことが起これば、大事件だ。DAは排除に動いた事だろう。

ついでに被害者はトラックにでも撥ねられたとして処理され、事件などそもそも存在しなかった事になっただろう。

「何も知らない気の抜けている相手や、逃げるだけの弱者を一方的に撃って楽しむなど、ただの変質者だ。……やはり殺すのなら、自分を殺さんとする者であるべきだ。戦いの果ての殺しこそが楽しく、価値がある。わかるか？　今宵集ったのはその想いを同じくする者達だけだ」

「……なるほどな」

フキはガンナーの言葉に同意したわけではなかった。納得しただけだ。

サードが処理した猟師がやたらと散弾銃での熊狩りにこだわっていたのもそれだろう。自分が殺されるかもしれない状況下での殺し……何なら『戦い』を求めていたのだ。

遠距離での射撃が可能になるライフルや、それには劣るものの散弾銃の倍以上の有効射程を持つハーフ・ライフル銃でなく、あえて五〇メートル程度の有効射程しか持たない散弾銃を愛用したのは、つまりは熊との間合いを意図的に狭いものにして、一方的ではない状況にしたかったという彼の想いなのだろう。

そして、ライダーだ。午前三時ジャストに施設敷地内に飛び込み、人に向かって躊躇なく発砲したのも納得がいく。彼は〝人間と撃ち合い〟に来ていたのだ。そこに逡巡など生まれるはずもない。

「しかし大層なことをほざく割には……ハッ、お前、だいぶ卑怯だろ。トラップなんざ仕掛けやがって。相当前から籠もっていやがったな」

サクラの事が脳裏によぎったが、今は余所事だ。意識の外に押しやる。心配しても結果が変わらない事は心配するだけ無駄だ。

「持てる全ての力で戦ってこそ、だ。それには知能や経験も加わる。連中もそうだったはずだ」

確かにそうなのだろう。ライダーはあえて時間ギリギリに施設敷地内――バトルフィールドにバイクで飛び込むことで、奇襲をしたつもりだったのだろう。

猟師は時間前に現地入りして、待ち構えていた。

車から降りなかったのは、参加者が現れた瞬間に車のハイビームを当てて車中から撃つつもりだったのかもしれないし、車の機動性能さえも使おうとした可能性もある。

ただ、どちらも素人なり、だ。

午前三時開始の申し合わせルールを鵜呑みにしたまじめなオマワリサンのライダーと、策略を持たない獣しか相手にして来なかった猟師でしかない。

だが、今、フキが対峙するガンナーは彼らとは違う。殺しを楽しむために準備をしていた。

「変態同士撃ち合って勝手に死んでりゃ良かったんだ。そうすりゃ手間なかった」

「子供とはいえ、リコリスとはいえ……わかるはずだ。脅威を排除した瞬間というのは、快感だろう？　そこで寝ている刑事を殺し、一息ついた時はたまらない気持ち良さがあったはずだ」

ほのかに笑いの含まれた男の声が、不愉快だった。

「隠す事はない、恥じる事もない。何故ならそれは生き物としての本能だ。体に備わっている当然のシステム……殺し合いからの生還と勝利、それによって得られる報酬の如き快楽は、この世でもっとも甘美なものだ。素晴らしいんだ、たまらないんだ、本当に」

やたらと流暢に喋り出した男の口調で、フキは察した。

「お前……この変態ゲーム、何回かしてんな？」

そして、生き残ってきたのだ。この男は。

「わかるか？ そうだ、俺はすでにこの戦いを――」

フキは、撃った。

自分語りで饒舌になったその瞬間、明らかにガンナーの殺気が消えた。喋りたくて、聞かせたくて仕方なくなったのだ。

だから、ここしかなかった。

モディファイド・プローンとされる、片膝を突いてもう一方の足を前に伸ばしながら上半身を横に限界まで折り曲げる、低位置での構えだった。

本来は車の下や低い位置の穴の向こうを狙ったりする際に使う構えだが、これには他にもメリットがある。

フキが速射で二発目を放って穴を開けた直後に、それは来た。

ガンナーの反撃。爆音。掲示板そのものが浮き上がりそうな衝撃と共に、子供の拳大の穴が空く。それは先ほどまで立っていたフキの丁度胸元の位置だった。

フキは撃ちまくる。低い位置から、声がしていた位置へ撃ち上げるようにして、目の前の掲示板に次々に穴を開けていく。

男からの二発目が来な――来た。爆音、掲示板に穴が空き、その際の衝撃で倒れてくる。

フキは床を這うように低く動く。モディファイド・プローンは両方の靴を床から離さないため、次の動きに繋げやすい。

フキは倒れ来る掲示板をかわすと同時に飛び出し、全速で男へと距離を詰める。

ガンナーの二発目の発砲音の直前に、ほんのかすかに〝カチャリ〟という金属音がしたのをフキは聞き逃していなかった。

掲示板に指先ほどの穴しか空かないフキの放った四五口径とはケタ違いのパワー、そして先ほどの——撃鉄を起こす鈍く重い音で、相手の得物の見当がついた。

大口径リボルバーだ。

それ故に、押し込めるとフキは踏んだ。

窓ガラスの破砕に一発、フキに向けて威嚇で一発、そこから掲示板越しに二発……ならば、敵の残弾は一発か二発。

大口径リボルバーは装弾数もそうだが、パワーがある故に素早く撃てず、どうしても巨大化するがために小回りにも難が出る。

そして、リボルバーは一部の特殊モデルを除けば、発砲時、シリンダーとフレームのギャップ——つまり、銃本体の隙間から炎が盛大に吹き上がる事とグリップの形状から、フキの昔の相棒が好んで使用する近距離戦特化のC．A．R．システムなどの技術はほぼほぼ扱えない。

つまり、残弾の少ない大口径リボルバーなど、近距離であればあるほど脅威は薄れる。

　フキ、ガンナーのシルエットを確認するも、彼は掲示板の陰に下がってしまう。

　フキはそこへ撃ちまくると、ガンナーから一発反撃。爆音、掲示板に穴。だが放たれた弾丸は当然、フキに当たるわけもない。

　穴の空いた掲示板がフキ側に倒れかかって来るが、フキはそこに全力でタックルを放ってガンナー側へ押し返しつつ、その上に乗る。

　倒れていく掲示板の動きが止まる。下にいたガンナーの頭か腕かに当たったのだ。敵の位置がわかる——と同時にフキは撃つ。二発。

　男の短い呻(うめ)き。

　掲示板貫通後に、確かに肉を貫いた気配。

　決めたか、いや、まだだ。

　掲示板が力任せに吹き飛ばされる。

　上に乗っていたフキもまた掲示板と共に部屋の壁まで吹っ飛ばされていく。

　フキは掲示板を蹴り、自ら先に壁へと飛ぶと、猫のように身を捻(ひね)ってそこに足を着けた。

　そして今度は壁を蹴るようにして、離れてしまったガンナーとの距離を一気に、そして再び素早く詰める。

　ガンナー。月明かりの中、初めてしっかり見えた。

　筋骨隆々の大男。腕まくりをしたツナギに大仰なガンベルトとホルスターを下げていた。

そんな男の右肩には血の染み。その先の手には巨大なシルバーの特徴的な長大なリボルバー……S&WのM500。市販されている中では最強とされる五〇口径リボルバーだった。

装弾数は五発。ならば、もう敵に弾はない。リロードなどさせる間は与えない。

だが、ガンナーの左手にベレッタ……ライダーの持ち込んだ銃があった。

拾われていたのだ。それがフキに向けられている。

ベレッタ、乱射。

フキ、背中のサッチェルバッグを前へ掲げると同時に防弾エアバッグを作動。爆発的に展開する白い風船状のそれが、迫り来たベレッタの九ミリパラベラムを完全に受け止める。

その効果はわずかに一秒程度。

だが、それで十分だった。

防弾エアバッグを展開したと同時にすでにサッチェルバッグをガンナー側に向けて放り、その下を飛び来た勢いのまま床を這う程の低姿勢でフキは潜り抜けていた。

目前で突如爆発的に広がる白い防弾エアバッグは防御の意味合いもあるが、同時に目くらましにもなる。

完全にガンナーの虚を突いてフキは接近を果たす。

足下から迫り来るフキを認めて驚き、おののくガンナーと目が合う。

彼は怯え顔で後ずさりし、なおもベレッタを向けようとするが、それより先にフキの至近距離からの銃弾が男の脇腹を貫いた。二発。

ガンナーの体が〝く〟の字に折れ曲がると同時に、その下がって来た頭に、走り込んだ勢いの全てを乗せた渾身の拳をフキは叩き込んだ。

ガンナーは血反吐と折れた歯を吹き出しながら床に倒れる。

勢い余ってフキは転がるが、その勢いを利用して立ち上がると同時にベレッタを握っていたガンナーの左手に向け、グロックを一発。指と共にベレッタを弾き飛ばした。

フキ、銃口をガンナーの頭に向けながら、大きく、一息。

ガンナーは手の平の半分を失った左手を抱くようにして身を縮こませながら、浅く乱れた呼吸の度にガポ、ポコと嫌な水気のある音を口から漏らしていた。

反撃はないだろう。十分に致命傷に至ってもいる。

「バカみてぇな銃使いやがって」

「……で、でかい銃で、人を……撃つのが、楽しい……」

「イカれてんな」

ガンナーが大量の血を吐き出すと、彼の呼吸音が綺麗になった。気管に入り込んだものが出てきたのだろう。

「自分の好きな銃で、撃って、殺して、勝つ……それが、気持ちいい。不利でも、だ。……リコリスは……呆れるな、何故そんな銃を使う……21か？　グロックは良い銃だが……21はダメだ、子供が持つには辛い、だろ……」

「お前の心配する事じゃねぇよ」

フキの使っている銃はグロック21。

サプレッサーと相性の良い、音速を超えない四五口径の弾薬を用いるそのグロックは、東京のリコリスとしては標準的なものであるが、大口径であることが災いしてグリップが太かった。手の小さい子供が使うと、しがみつくような握り方になってしまう。

京都を始めとした地方ではリコリスの適性に合わて銃種を選べたりもするらしいが、現在の東京では基本的に統一されている。例外的にどうやっても厳しい場合は他の口径の銃を渡される事もあるが、それでもグロックからは外れない。

これは規格を統一させることで、コスト削減は元より、短期間しか現役でいられないリコリスの訓練効率を上げるなどの複数の目的があった。

また、通常の仕事では滅多に使うことはないが、リコリスにも使用が許可されているサブマシンガンとマガジンを共有できるモデルだからという理由もあったはずだった。

ただ、どんな銃であっても、フキは渡されれば不満を言うことなくそれを使っただろうし、使いこなせる自信もあった。

だから、あまり銃種など気にしたことはない。

「あぁ……ＳＦか？　Ｇｅｎ．４……５か……？　目が、良く、見えない……」

仰向けに体勢を変えたガンナーが、己に向けられているグロックを見つめていた。

暗い中の黒いグロックかつ、フキが握っている今の状態ではバージョンまではわからないだろう。

グロック21には、グロック21SFというショート・フレーム・モデルが存在しており、これはグリップ周りが若干細くなり、握りやすく改良されている。

そして、グロックにはＧｅｎ(ジェネレーション)と呼ばれる複数のバージョンが存在しており、グロック21ＳＦはＧｅｎ．３以前のものがベースであり、かなり昔にリリースされたモデルだった。

Ｇｅｎ．４以降のグロック21では、初めからグリップは細身であり、手が大きい人間にはバックストラップというアタッチメントで握りやすいサイズに調整できるようになっていた。

「何だっていい。何であっても使いこなすのも仕事の内だし、てめぇには関係がねぇ」

「どうせ撃つなら……どうせ戦って死ぬなら……自分の理想の銃を握っていたい。誰だって……そう、思うだろ？　……リコリス、お前は違うのか」

「変態じゃねぇんだよ、こっちは」

ガンナーが咳(せ)き込み、また血反吐(ちへど)を吐く。手足の先が震え出していた。

処理対象と長話をする趣味はなかったし、苦しませる気もなかったフキは、ガンナーを見下ろしながら、その眉間に銃口を向けた。

「嬉(うれ)しいな……銃で、死ねる。……この日本じゃ、夢のようだ」

「そうか」

「リコリス、俺を殺したら……感じてくれ。甘美な、勝利の……快楽を」

「黙って死んでろよ」

撃って、処理した。

グロック、スライドオープン。

フキは大きく深呼吸し、体の緊張を解く。

天井を見上げ、瞼(まぶた)を閉じる。

思ったより疲れていた。それを感じる。

ようやく、一段落。

……全ては、それだけ。

そのまま少し待ってみるも、やはり快楽など、どこにもありはしなかった。

「……遊びじゃねぇんだ、こっちは」

仕事なのだ。楽しい気持ちいいでやったりやめたりするようなものではなかった。

全ては、物心つく前から定められていた仕事である。

それに、今更何を想(おも)うこともなかった。

フキがサッチェルバッグを拾い上げていると、どこか遠くからバタバタというヘリの音が聞こえてきた。司令部が手配した増援だろう。

「ワタシらだけで十分だってのにな」

その時になって、ようやくサクラを思い出す。

生きているか死んでいるかもわからない相棒。様子を見に行ってやらないと。手間がかかる奴だ。そんなんで自分の相棒が務まると――。

悪態を吐きつつ、フキはサッチェルバッグから防弾エアバッグの生地を外して捨てる。軽くなったそれを背負いつつ、急ぎ暗い廊下へと出て、非常階段のある東側へと向かおうとした――その瞬間、全身の毛が逆立つような寒気が来て、思わず床に身を投げた。

直後、背後から衝撃波を伴う何かが頭上をかすめて飛んで行く。

「……やったんだ？」

知らない女の声だった。

フキは床に手を突いて半身を起こしつつ声のする方――背後を見やれば、廊下の窓からのかすかな明かりで、うっすらと人影が浮かび上がっているのが見えた。

見知らぬ三十路前後の女が、大型リボルバーを構えている。

服装が先ほどのガンナーと同じ、ツナギにガンベルトにホルスター。

銃は……スタームルガーのスーパーレッドホークか。

「チッ、今日はこんなんばっかだな。……装備からすると、あの自衛隊上がりのお仲間か？」

余裕を含ませて言ったものの、フキの背中には冷や汗が流れ始める。

さすがにまだ参加者がいるとは思っていなかったが、よくよく考えれば全部で三人とは誰も言っていなかった。

だが、問題は敵がまだいたことではない。

フキは今、銃を手にしている。だが、その内部は空なのだ。

サッチェルバッグを背負ったらマガジンを交換しつつサクラの下へ向かおうと思っていた。

だが、背負いながら廊下に出て、その瞬間に彼女に出くわしてしまった。

普段ならばまずリロードしてから動く。だがそうしなかった。そんな自分の行動に、フキは内心驚いた。

無意識に焦っていたのか。急いでサクラの下に向かおうとしていたのか。

自分で思っている以上に、自分はサクラを案じていたらしかった。

女がため息を吐いた。それをフキは見つめる。

彼我の距離、一〇メートル。飛びかかるにはいささか遠く、一方で射撃するには理想的な距離でもあった。しかも、真っ直ぐな廊下で、である。

「彼を、殺した？」

恋人だったのかもしれない、とフキは思う。

そういえばあのガンナーは、ここを出て行けるのは一人か二人だと言っていた。今にして思えば、ややおかしなことを言っている。

殺し合いを目的として集っておきながら二人が生き残って終わる事などないはずだった。

だから二人というのは自分達が勝った時のことを言っていたのだろう。

もしかしたら、ガンナーが複数回このイカれたゲームをして勝ってきたのも、自分達だけ二人組だったからなのかもしれない。

「ねぇ、彼を殺したの？」

ここから先の返答次第で自分の生死が決まる。それをフキは確信した。

「あぁ、やったよ」

フキは立ち上がろうとしたが、その瞬間に近くの床を撃たれて、動きを止めた。

銃声が轟き、そしてまた静寂が来る。遠くからのヘリの音がやけに響く程だった。

「立たないで。銃を捨てて。空みたいだし、いいでしょ？」

スライド・オープンしている以上、さすがにわかるか。

フキは舌打ちしたい気分で、言われるがまま銃を放ると、ゆっくりと床の上にあぐらを掻いて座った。

さすがにそれは止められなかった。

沈黙。静寂。ヘリの音。

女はスーパーレッドホークを構えたまま、フキを見つめていた。

「……何だよ」

「最後、彼は幸せそうだった？　銃で殺したんでしょ？」

「あぁ。……満足はしたと思う」

「そう。戦って死んだのなら、本望かな。……私が殺してあげても良かった」

ガンナーとこの女の関係を考えそうになったが、フキはその考えを打ち消した。

彼女達がどういう関係であっても、自分の今の状況が改善する見込みはない。考えるだけ無駄だった。

女が何を想(おも)っているのかわからないが、また沈黙が生まれる。

耳を澄ます。ヘリの音。近づいてきているが、まだ遠い。今すぐにでもぶっ放されそうなこの状況では、さすがに支援は期待できないだろう。

そんな事を考えている時、フキはかすかなある音を捉えた。

そういえばそうか、とフキは思った。

「……終わったな」

フーッ、とフキはため息を一つ吐いて、困ったもんだとばかりにあぐらを掻いたまま腰に手をやる。

戦国武将か何かのようだな、と、ふと思う。

「腹をくった、って感じ？」

女の目元がかすかにきらめいているように見えた。涙が湧いてきているのかもしれない。

そして彼女もまた、フゥー、とため息。

しかしその間も視線をフキから外さない辺り、この女も何かしら訓練を積んでいるのだろう。

……都合が良かった。

「そろそろ今宵のゲームも終わりにしましょうか」

「あぁ、そうしようや。終わりにしよう。……腹より上を狙え」

「わかった。……っていうか、そのポーズ、まるで武士が介錯されるところみたいね」

フキは戦国武将だと思ったが、確かに介錯される時のようでもあるか……いや、それなら正座だろう。つい余計な事を考えてしまい、フキの口元に笑みが浮かぶ。

そんな緩んだ顔のまま、フキは女の顔を見つめた。

そして、それに引っ張られるように、彼女もまたフキの顔を見つめた。

「いい目。不敵で。男の子みたいで……」

人間、緊張感のある場で強く見つめられると自然と見つめ返してしまうものだ。

相手の意図を探ろうとする人間の本能のようなものだろう。

だから、女がフキの左手がかすかに動いていたことに気がつかなかったのも、無理はない。

腰にあったはずのフキの左手はわずかに動き、スカートのポケットに差し込まれていた。

そこには先ほど放り込んでいた——フラッシュライト。

「撃て」

抜くと同時にフキはスイッチを入れ、女の目を狙う。

強烈な光。女が悲鳴のような声と共にのけぞると同時に——銃声が轟いた。

一発に聞こえたが、正確には二発あった。

盛大なリボルバーのそれと、サプレッサーによるくぐもった銃声。

後者のそれが、続く。

女が奇妙なダンスを踊るようにして、次々に血を吹き上げながら後退し、そして、仰向けに倒れていった。

フキはフラッシュライトを消すと、先ほど放ったグロックを拾いつつ立ち上がる。

そして、背後を振り返った。

「やっぱお前の射撃は精確だな。サクラ」

よっしゃ、と廊下の果てでサクラがガッツポーズ。そして子犬のようにトトトと駆けつけてくる。

「ようやく合流できたッスね」

「どこかのバカがトラップに引っかかるからだ」

へへ、とサクラは焦げ臭さを漂わせながら照れ笑いで頭を掻いた。

考えてみれば、今宵集ったのは〝銃で人を殺したい〟連中なのだ。

トラップを仕込むにしてもそれで殺してしまっては貴重な〝ターゲット〟が減ってしまう。

せいぜい音を鳴らすなどする位置把握用のものか、衝撃を与えて足を止めるためのものでしかないはずだった。

サクラが引っかかったそれはガスを用いたものだったが、金属片や液体燃料を撒き散らすような殺傷力の高いものではなく、あくまで瞬間的な爆発と炎でビビらせるだけのものだったのだろう。

実際、サクラは焦げ臭くなっていたが髪の毛が焦げたりもしていない。

ただ……どうやら想定外のそれにサクラは相当に驚いたらしく、爆発でおののき、非常階段を転げ落ちていって、しばらく気を失っていたらしい。

まさか階下に落ちたとは思わず、上空から見下ろしているドローンでは発見できなかったようだ。

「先輩が無事で良かったッス！　でも先輩、よくあーしが来てるってわかったッスね？」

「当たり前だろ。……相棒の足音ぐらい聞き分けられるってんだ」

相棒……とサクラは呟いた後、嬉しそうに微笑んだ。

「あーしも早くフキ先輩の足音、聞き分けられるようになりたいッス！」

「訓練に集中すればすぐだ」

「ハイッス！」

通路の窓から強烈な光が差し込まれる。気がつくと中型のヘリが近くまで来ており、ヘリの横っ腹、カーゴのドアが開かれ、そこからライトが放たれていた。

手で守りつつ目をこらすと、強力なライトの脇でライフルを構えている男がいるのがかすかに見える。

ほとんど見えなくとも、それが誰であるのか、フキにはすぐにわかった。

「……先生」

喫茶リコリコの店長にして、フキにとっては特別なかつての恩師……ミカだ。

自分を助けるために、駆けつけてくれたのだ。

それを思うと、フキの体にくすぐったさのようなものが走る。それに耐えるように奥歯を噛みしめた。

サクラがヘッドセットで現状を報告すると、それがヘリにも伝わったのか、ミカのライフルの構えが解かれる。

そしてヘリは上昇。帰るのかと思ったが、どうやら施設の屋上に着陸する気らしい。

「先輩、楠木司令から怪我があるようならヘリで運ぶと」

「……そうか」

大した怪我はない。しかし爆発で吹っ飛び、非常階段で転げ落ちていったサクラは念のため検査をした方がいいはずだ……という理由を自分の中ででっちあげ、フキは屋上へと向かった。

本当は、ただ、彼に会いたかっただけだ。

「ヘリまで派遣してくれるなんて、豪勢ッスね～」

「心配してくれたんだろ。感謝しとけ」

「ハイッス！」

そんな事を話しながらフキ達が屋上へ出ると……相も変わらずムカツク声がした。

「ほらぁ～やっぱ全然大丈夫じゃーん！」

フキと同じ、希有たるファースト・リコリスの制服に身を包んでいる錦木千束が、不服げな顔で待ち構えていた。

「何だよ⁉　無事で悪いかよ！」

ヘリは屋上に着陸しているものの、メイン・ローターはまだ回っており、風と共に騒音を巻き起こしていたので、千束もフキも怒鳴り声のようにして言い合った。

ガンを飛ばし合って互いに顔をつきあわせているのも、半分は声が聞こえやすいようにだ。

ヘリはローターの回転を完全に止めてしまうと始動に時間がかかるというのもあるが、それ以上にその翼が垂れ下がってきて、急いで乗り降りする際には危険が伴うためにあえて回転を止めないのだ。

「べっつにぃ～！　楠木さんに言ったんだよね、フキなら多分、私達の援護なんていらねって！　それでも行けって言うからさぁー！」

「ご苦労だな!?　帰ってクソして寝てろや！」

「あ～あ、フキの泣きっ面を見られると思ったのになー！　なーたきなー!?」

千束が振り返ったので、フキも彼女の視線に倣う。

ミカが、ヘリからこちらに向かって歩いて来る。

そのさらに後ろ、ヘリのカーゴの座席から井ノ上たきながフキを見ていた。

降りもしねぇのかよ、と悪態をつきそうになったが、どこかたきなの様子がおかしい。

覇気がない。いや、普段から淡々とした小憎らしい女だったが、今はそれ以上に気力のようなものがないように見える。顔色が悪いのかもしれない……と思ったが、そもそも今の環境が暗い上、あの女は元々色白なので顔色などよくわからなかった。

「……千束。アイツとはうまくやれてんのか」

大して大きい声ではなかったが、間近にいたためか、千束には不思議と聞こえたらしい。

「おうよ、もうバッチし！　完璧！　最高！　……って言っても今はちょっと、たきな、体調悪いんだけどさ」

体調不良を押してまで来てくれたのか、と思わなくもないが、フキの口からでてきたのは「だったら尚更、帰って寝てろよ」という文句だった。

「なっ……!? 感謝しろよテメー！　うちのたきなさんはな、それでも行くって頑張って来てくれたんだぞ！」

「頼んでねーってんだよ！」

「うっせぇなぁ、何でもいいから泣いて喜べよぉ！」

「善意の押しつけで泣くかボケが！」

「何だとてめぇこらぁ！」

「何なんだよてめぇはよぉ!?」

「おおぉん!?」

「ああぁん!?」

「フキ」

その声に、フキはピタリと千束とのガンの飛ばし合いをやめ、背筋を伸ばす。

近寄ってくるミカに、無感情に「はい」と応じる。

「状況は聞いている。大変だったな。大丈夫だったか？」

「はい、予定外の事態が重なりましたが……全て、問題なく」

「そうか。なら、良かった」

大きな男だった。

身も心も。面と向かって喋っているだけで、包み込まれるような感覚になる。

そして、それが嫌だとは感じない。むしろその逆なのだ。

横合いから額を押しつけるようにして「あぁん？　おぉん？　あぁん？」と千束が未だガン付けしてくるのがこの上なくウザかった。興奮している犬のようだ。屋上からポイッと捨ててやりたくなる。

「では撤収だ。さぁ、フキ、行こう」

「……いえ、怪我人はいませんので、通常通りに帰投します」

背後の方で、「えー！」というサクラの声が聞こえたが、無視した。

「何だよ、乗ってけよ！　遠慮すんなよ！　ってか、うちのヘリが乗れねぇっていうのか⁉　おぉん⁉」

千束が何かほざいていたが、これも無視した。

ヘリはＤＡの物だし、パイロットもそうだろう。うちもクソもない。

ミカはしばしフキを見つめた後、そうか、と困ったように微笑む。

「わかった。気をつけて帰れ。……お疲れさん」

「夜分遅くに、ありがとうございました」

フキは一礼する。その肩を大きな手が優しく叩いた。

ミカが踵を返してヘリと向かって行く。その背後に当たり前のように千束が続くも、途中で彼女が振り返る。

「……ホントに乗ってかない？　しんどくない？」

唇を尖らせ、すねているような顔だった。フキを心配しているのだろうが、今、そういうのはいらなかった。

「いいっつってんだよ。……ほら、さっさと行け」

そんな二人のやりとりの間も、たきなはヘリの中からフキを見ていた。

フキが見返すと、たきなの隣に千束が座り、対面にミカが座る。

錦木千束、井ノ上たきな、ミカ……。

かつて自分を置いていった相棒。

かつて自分が捨てた相棒。

そして特別だった恩師。

そんな三人を乗せたヘリが高度を取り、旧電波塔方面へと向かって飛んで行く。

ヘリが遠くなるまで、フキはずっと見つめていた。

その脇でサクラががっくりと肩を落としていた。

「あーしはヘリに乗って帰りたかったッス〜……」

あのヘリに乗ることもできた。乗っても良かった。

ただ、乗りたくはなかった。

少なくとも、今、あのヘリに自分の席はないと思ったから。

「……いいんだよ、これで」

これは仕事。全ては余所事。だから、これでいい。

全ては物心つく前から定められていた仕事なのだ。

そこに今更何を想うこともないはずだった。

だから、これでいい。

「ふぅ……」

遠ざかるヘリから視線を外し、フキは見上げるようにして、ため息を夜空へ放つ。

瞼を閉じながらの、ゆっくりのそれ。

今日の疲労がそれで少しは抜けるような、そんな気がした。

瞼を開く。

かすかに星の見える夜の空。しかし、もう幾ばくもなく、朝のそれへと変わっていくだろう。

もう少し。後少し。ただ、今はまだ。

「帰んぞ、相棒」

フキは踵を返し、己の相棒と共に帰路についた。

■第五話『Common occurrence』

ふと、瞼を開けば……暗闇だった。

しかし目は木目のある板を捉える。……いや、板じゃない、ベッドだ。二段ベッドの下段にいるのだ。

井ノ上たきなは半身を起こす。シャツにジャージ生地のハーフパンツというラフな格好だ。

ここはどこだったか。たきなはそれを思い出そうとするも、寝起きのせいか、頭に靄がかかっているかのようで何も出てこない。ならばと部屋を見渡してみる。

「……ロッジ？」

木で組まれたロッジの一室らしい。窓もあったがカーテンがかかっており、隙間から月明かりらしきものが部屋に差し込んでいた。

窓の外を見れば思い出せるだろうか。そう思ってベッドを降りようとすると、突如ベッド上段から頭が飛び出してくる。

「たきな？」

逆さまの千束の頭だ。上段から頭だけぶら下げるようにして、こちらを見ていた。

とりあえずその頭を手で横に押しのけ、たきなはベッドから降りる。素足に床板はひんやりとしていて、サンダルか何かが欲しいところだ。そう思って床を見ると、自分と千束のものと思しきスニーカーがあったので、素足でこれを履いた。

千束もまた頭を下げたまま、ベッドの縁をつかんで、鉄棒で前転するようにして降りて来る。

彼女もスニーカーを履く。

「ここ、どこでしたっけ？」

「へ？　たきな、何、寝ぼけてんの？　ここは……えっと……あれ？　なんだっけ？」

千束はラフなキャミソールにショートパンツで、髪を左右二つのお下げにしていた。

自分の格好と合わせ、特に暖房もない部屋でこの格好で寝ていた事からも、暖かいのだろうというのはわかった。

季節はまだ夏には少し早いぐらい……だったような気がするのだが、はっきりしない。夏だと言われれば納得してしまいそうなぐらい、今の自分の記憶に自信がない。

「あれぇ……何だろ？」

「千束はずっと起きていたんですか？」

「うんにゃ、今目が覚めた。たきなの起きる気配で」

「それは失礼しました」

「いや、それは別にいいんだけど。……何だろね、この状況」

千束がカーテンに手をかけ、開く。青白い月の光が差し込む。辺りは森のようだ。

ますます意味がわからない。こんなロッジに来たのはもちろん、森の中に踏み入った記憶すらこれっぽっちもないのだ。

千束が窓を開ける。そして、外を窺おうと身を乗り出さんとした――その時、それは来た。

窓下から突如として人影が現れ……ると同時に千束の強烈な右ストレートが叩き込まれた。

拳を叩き込んだ後、間髪入れず千束はバックステップをして距離を取る。

「やばッ反射でつい……!?」

現れた人影は、即座に打ち込まれた拳に「ふごぉ」と鈍い声を上げ、再び窓の下へと消えていった……というか、沈んでいった。

「……だ、大丈夫かな？」

「思いっきりいいのが入りましたよね、今」

「手応えあったんだよなぁ、悪い意味で」

頸椎を折った感触でもあったのかもしれない。

今し方の謎の人影に怯える……というよりは、自分の罪を意識して怯えるように恐る恐る千束は窓へにじりより、下を見る……と、そのまま固まって、たきなを手招きした。

たきなも千束と並んで見やれば……そこにはボロボロの服に身を包んだ大男が四つん這いになっていた。

千束がそっと指を指した箇所を見ると、地面に剣のような大ぶりの鉈……いや、マチェットが突き刺さっている。

「これって……」

たきなの呟きに反応するように、大男の手がマチェットのグリップを握り取り、そのまま起き上がると同時に窓から顔を覗かせていたたきな達の首を切り払うように振り上げて来る。

「うおっと！」

千束と共にのけぞるようにしてそれをかわし、部屋の中で後ずさる。

「千束、敵です！　装備……装備は……？」

部屋を見渡す。喫茶リコリコに常備してあるお泊まりセットの入っている袋があるだけ。リコリスの装備の詰まったサッチェルバッグが、ない。ベッドの上はもちろん、枕の下も見てみるが当然そこに銃が置いてあるような事はなかった。

「千束、まずいです！」

「いや……とりあえず大丈夫っぽいかな」

たきなが振り返ると、千束の足と尻だけが見えていた。窓から身を大きく乗り出して、どこぞを見やっているようだった。

今し方の大男はマチェットを手に暗い森の中へ逃げていったらしい。

たきなも千束の言う方を見てみる。ロッジの周りがやや開けているだけで、森は密度が濃く、その中は完全な暗闇で、人影などもはや見えはしなかった。

部屋に体を戻すと千束は、ふむ、と腕を組む。

「……この状況って、いわゆる……」

「殺人鬼のいるホラー映画のパターンですね」

「だよねー!!」

「……何でそんな目をキラキラさせてるんです?」

「だって……だってさ、たきな、森の中のロッジに殺人鬼だよ!? 女の子なら誰もが一度は夢見るシチュエーションじゃん!」

「……そんなわけないじゃないですか」

「え、たきなはない!? 見てて、あーもう、私だったらこうするなー的な。それができるんだよ!?」

「見ていて呆れる事はありますけどね。それは悪手だな、っていう」

「えぇいこんな所にいられるか、俺は部屋に戻る……的なやつだ」

「あれ、もはや殺されに行ってますよね」

「もしくはそいつが犯人のパターン」

「あぁ、そういうのもあるんですね。それで、それが何か?」

「もどかしいじゃん! 自分だったらこうするのになーって。それが、今、ほら、見て、状況! 来たよ、ついに!」

千束の興奮を見ていて、たきなはようやく状況が飲み込めてきた。

「千束、これ、多分、夢ですよ」

「うん、夢のような状況！」

　武装なしで殺人鬼と相対するかもしれない状況を夢と言える女の子は世界広しといえど千束ぐらいなものだろう。普通は危機的状況だとして良くて困惑、悪くて絶望だ。

「いえ、そうじゃなくて、眠っている時に見る夢だと思います。わたし達……というか、わたしが今寝ているんだと思います」

「まぁ、現実じゃないよね。記憶が連続してないし。でもまっ！　それはそれでいいとして」

「いいわけないじゃないですか」

「いいの。とにかく夢でも現実でも、今を楽しまなきゃ損！」

「ですけど」

「じゃぁたきな、夢だからってとりあえず殺されてみる？」

「それはちょっと……嫌ですね」

「じゃ、やる事は一緒じゃん。ネガティブに捉えるより、ポジティブに行こう！　いい？　スラッシャー映画の結末のパターンは基本的に二つ。殺人鬼から逃げるか、殺人鬼を倒すかのどっちかしかないんだ」

　確かに夢だろうからと死ぬのは嫌だし、死なないためには抵抗するか逃げるかしかない。となれば、確かに現実でも夢でもやる事は変わらなかった。

「千束、ちなみにスラッシャー映画というのは？」

「ん？　殺人鬼が出てくる系の映画」

「クルミが好んでいるスプラッター映画とは違うんですか？」

どちらかといえばこちらのワードの方が聞き馴染みがあった。

「あー、その辺、ちょっとわかりにくいんだけど。簡単に説明すると……」

千束曰く、スラッシャー映画は〝slasher〟つまり〝切り裂く〟などの意味合いからもわかるように、殺人鬼などが出てくる作品を指す。

一方で、スプラッターは〝splatter〟、つまり血などの液体が跳ねたり、派手に吹き上がるような残虐な表現のある作品を指すのだという。

「つまり、スラッシャー映画であり、スプラッター映画でもある作品ってのは割と多いんだけど、中には殺人鬼が出てきても、血がほとんど出ないで人だけがサクッと殺されていくマイルドな作品もあるから、それはスプラッター映画からは外れるってわけ」

「ジャンルと内容って感じですか？」

「そんな感じ。ラーメンっていう一つのジャンルにも、いわゆる二郎系とか博多豚骨系があるような感じかな」

「どっちもヘビーですね……」

とりあえず理解はしたが、そういう言葉があるという事は、好き好んでスプラッター映画を見たがる層もいるという事なのだろう。

人間というのは不思議である。何が楽しくてそんなものを……と思ったが、違う、と、たきなは気が付いた。逆の可能性がある。殺人鬼の映画が見たいけどグロイのは嫌だ、という人がその〝スプラッター映画ではない作品〟を選ぶためにその言葉が生まれたのかもしれない。

「……映画って奥が深いというか、いろいろありますね」

「そうだよー。長く続く娯楽ってのは、奥深いんだ」

映画談義はまたにして、とりあえず、とたきなは窓の外を警戒しつつ部屋を漁ってみる。

部屋の照明は当たり前のように付かない。電気が来ていないようだ。そして武器になりそうなものも特に見つからなかった。

「……スマホもないですね」

「外部との連絡手段を絶つのはこの手の基本だから仕方ないね。多分ロッジの電話回線とかも切られてるはず」

たきな達は部屋の外に出てみる。同様の寝室らしきものがあと二つあった。

一つをそっと開けてみる。中は千束達と同じ造りの部屋。その二段ベッドの下段では日本酒の一升瓶を抱えて眠っているミズキがいびきを掻いていた。上段は空だ。

「おらー、起きろー、ミズキー」

千束がペチペチと頬を叩くと、ミズキが「ンガ?」とどこから出しているのかわからない声……というか音と共に体を起こす。

「ミズキさん、いいですか、落ち着いて良く聞いてください。これは夢です」

「じゃ寝るわ」

パタンとミズキが本当にベッドに横になったので、千束(ちさと)が舌打ちし、腕を引っ張るようにして再び半身を無理矢理に起こさせる。たきなは説明を続けた。

「マチェットを持った大男が敵意を持ってロッジの近くを徘徊(はいかい)しています。わかりますか？つまり……」

うつろだったミズキの目がカッと見開く。

「という事は、アタシ、殺されるって事⁉」

急に話が早くなった。

「まぁ、確定したわけではありませんが……」

「あぁ何てこと……そうよね。セクシーなイケイケの美女はいつだって最初に……あぁ、アタシの人生もここで花と散るしかないってわけ……？」

「ですから、死ぬと確定はしていません。正しく対処し、抵抗をすればきっと道は……」

「あぁなんて事……あぁ‼　アタシが美人すぎるからって……そんな‼　……でも仕方ないわね」

ミズキは枕元にあった眼鏡をかけると、ベッドから降りるなり、いそいそと着替え始める。

何故急にそんな事を……と思っていると、やたらと短いスカートに、ピチピチのタンクトップを纏う。薄暗い中でありながら、柄が異様に派手なのがわかった。

「やっぱ殺人鬼に襲われる以上、衣装はこういう感じよね」

ミズキはベッドに腰掛けると、髪を後ろにまとめつつ、足を組む。漂う〝アタシっていい女でしょ？〟感が若干鼻につくが、それよりもたきなには気になるところがある。

「あの……襲われるのを受け入れるんですか？」

たきなの問いかけに、ミズキはフッと小さく笑った。

「……それが美女の務め、よ」

たきなは困惑し、千束を見やる。千束は興味なさげだ。

「まぁ、その理論で行くなら私かたきなだと思うけど……うちらはまだ十代だしなぁ」

「さっきから襲われる前提で話が進んでますけど……それ、どういう事なんです？」

ホラー映画及びスラッシャー映画の基本として、最初に殺されるのはセクシー担当だというのは鉄の掟で決まっているのだという。ただ、殺されるのは大抵二十代以上で、十代はあまり殺されないらしい。それは海外の基準からすると、十代はまだ子供としての印象が強く、セクシーというのとはちょっと違うものになってしまうかららしい。

「メイン登場人物全員が十代とかだとまた違うんだけどね。おっぱいが大きい子とか、あとは金持ちの性悪女とかだと割と最初にくたばる」

　ふむ、と千束は考えると、隣の部屋に行こうと提案してくる。ミズキがここにいたならもう一つの部屋にいるのはミカかクルミのはずだ、と。

「多分生き残るにはその二人の力が必要だと思うんだよね」

「何故です……？」

「黒人のマッチョなタフガイは最後まで頼りになる、そんでお子ちゃまの生存率はぶっちぎりで高い」

「……いろんな偏見が入ってません？」

「そういうもんなの。行くよ」

　サンダルを履いたミズキを引き連れ、たきな達は隣の部屋へと向かった。……中には誰もいない。ただ、下段ベッドには誰かが寝ていた痕跡があった。

　千束が枕に鼻を寄せる。クンクン。

「先生だ」

「……その判別法はどうかと思います」

「わかりゃいいでしょうよ」

　ミズキがベッドの上段を確認するが、そっちは人がいた痕跡がないらしい。

「では、とりあえずロッジを調べて武器になりそうなもの、食料と水分を確保しましょうか。それで――」

――うおぉぉあぁぁ‼


男の悲鳴。外。それがミカだというのは千束でなくともわかった。

千束が窓を開けて躊躇なく飛び出して行く。たきなも後を追う。

ロッジの外は冷えた空気、スニーカーが踏みしめる地面はほんのりと湿っていて寒さを余計に印象づけた。

ちょっと待ちなさいよー！　という動きにくい格好に加えてサンダルだったミズキを置き去りにし、千束とたきなは暗い森の中へと突入する。

かなり暗いものの、行く先が若干明るい。

声はそちらの方だった事もあって、そのまま突っ走ると……湖に出た。

森で囲われた大きな湖。その傍らに聳える大きな木の根元に、ミカはいた。

木に背を預けて座り、がっくりと首は力なくうなだれ、そして……腹部にはマチェットが突き刺さっていた。

「そんなッ先生⁉　…………えっと……せ、先生……？」

千束が愕然として走り寄るも、途中で速度を落とし、困惑しながら歩き出し、最後は少し離れた場所で立ち止まった。

たきなは千束の横に立つと、冷めた目でミカを見る。

「……コレ、何です？」

確かにミカだった。パジャマというよりは、運動でもしようとしていたのか、筋肉の筋が浮き出る程のピッチリとした薄手のシャツにスウェットのパンツ姿で、その腹部にはマチェットが突き刺さっており、致命傷に見えるのだが……問題はそのマチェットが刺さった部分から今もなお大量の血液がドバドバと吹き上がり続けている事だ。

どう見ても噴出量が人体の血液総量約五リットルをはるかに超えており、ちょっとした噴水か、水道管が破裂したようになっていた。

「スプラッター系だったかぁ。しかもちょっとやり過ぎ系のやつ」

スプラッター系のゴア表現……いわゆるグロイ表現があるものの場合、その際の造形のリアルさや、そんな残虐行為のやり方があったか！　と、そのオリジナリティやら何やらを楽しむところがあるらしいが、中には一周回って、やり過ぎでコメディになってしまうものもあるらしい。

「つまり……」

「コレですね」

千束(ちさと)は未(いま)だに勢い良く血液を吹き出し続けるミカを指さし、たきなもそれを見やった。

「っっても、ホラーってコメディと表裏一体なんだよね。海外の劇場なんて恐(こわ)いシーンで爆笑が起こったりするらしいし。だからあえてホラーの皮を被(かぶ)った……というか、見る人によってはホラーとしてもコメディとしても見られるような物を作ったりもするんだけど」

へー、と、たきなは千束と共にミカを見続ける。

あまりに非現実的過ぎるせいで、やたらと滑稽な姿に見えてきて、死を悼むような気分など微塵も湧いてこない。すでに血だまりは川のようになって湖に向かって流れ始めていた。

「ちょっとぉ……はぁはぁ、待ちなさいって……はぁはぁ……え、なに、死んでんの、それ？」

「あれ？　そういやミズキが生き残ってる…………え、あ、そういう事⁉　まさか喫茶リコリコって、先生がセクシー担当だったの⁉」

「セクシー担当が最初に死ぬのが鉄の掟でしたっけ」

言われてみれば、普段は和服をしっかり着込んでいるためにわかりにくいものの、実はミカの体は太くたくましく、全身くまなく仕上げられている。

特にそれが今のようにピッチリとしたシャツと、柔らかいがゆえに脚線が出やすいスウェットパンツともなればアピールも十二分だろう。肉体の魅力は一目でわかる。セクシーだった。

「いやでも……そうかぁ。先生、何だかんだでめちゃめちゃモテるしなぁ」

「あ、そうなんですか」

「ファンっていうか、ストーカーが出ちゃうぐらい。でも、そうなるとミズキは……何だろ？」

千束が言いつつ、ハッとして苦々しい顔になる。

「このままだとミズキだけが生き残るかも⁉　ファイナルガールだ！」

ファイナルガール。それはホラー、特にスラッシャー映画で最後に生き残る女性を指す。

これにはいくつかの条件があり、子持ちのシングルマザーだったりする事も例外的にあるが、多くは貞操観念のしっかりした地味めの乙女なのだという。

「何か違いません？　今のミズキさん、割と派手ですよ」

たきなはミズキを見やると、彼女も「そうよね？」と同意する。

「だって強制的に貞操がしっかりしてしまうというか……モテないから」

あぁん⁉　とミズキが喚くが、千束はこれを無視した。

「あと、名前が中性的っていうのもファイナルガールの条件にあるんだ」

たきな、千束、ミズキ……確かに男性の名前としてもありそうなのはミズキだった。

「じゃあミズキさんと一緒にいれば生き残れるんじゃないですか」

「いや、ファイナルガールは最後の一人って意味でもあんのよ。……つまり他は全員死ぬ」

一瞬、頭の片隅で、ならばミズキを先に処理してしまえば……というアイディアが浮かぶも、さすがにそれはどうかと思ったので、たきなは頭の中で握りつぶした。仮にそのやり方でいくとなると、最後は千束とやり合う事になってしまう。それなら大人しく殺人鬼を倒す方に注力した方が良いはずだ。

千束は生き残る術を探すように、口元に手をやり、その手の肘をもう一方の手で支える。探偵でも気取っているのかもしれない。

「……ファイナルガール以外で生き残れるとしたら、あとはアレ、ぐらいしか……いや、でも……」

チラリと千束が何故かたきなを見てくる。

たきなが見返すと、彼女は気まずそうにすぐさま視線を逸らす。

「千束、何です？」

――ブォンブォン！

森の奥から轟くエンジン音が全員の口を黙らせた。続くウィーン！　という高速回転音。

それが何を示すのか。この状況ならば考えるまでもなかった。

チェンソーである。装備を更新したアイツが来るのだろう。

「店長、すみません！」

たきながミカの体に突き刺さっていたマチェットを引き抜こうとするが、深く刺さっているのか、それとも彼のタフな筋肉が押さえ込んでいるのかわからないが、まったく抜けない。

たきなはミカの肩に足裏を押しつけ、力任せに引き抜いた。

マチェットの刃渡りは小太刀ほど。だが刃の造りが薄く、軽い。それはいい。問題は柄が短い片手持ち仕様だという事だった。片手持ちでは骨ごと断つのはまず無理だ。

チェンソーの音が近づいて来る――来た。あの大男。月明かりの中に、チェンソーを掲げて走り込んでくる。二メートル近い体格だ。

「きたぁあぁあああぁぁー!!　チェンソーだぁあぁぁぁああぁ!!」

千束が喜々とした声を上げてピョンピョン跳ねるのを無視し、たきなは前に出ると、左足を半歩下げて右手に握ったマチェットの刃を寝かせ、体の左側に備える。

大男、来る。ボロボロの服装。顔にはニッコリと細目で笑うおでこが広い子供のような、ドリンク飲料『ゴキゲン』の看板キャラクターの仮面があった。

首は無理だ。脛骨の関節に入れれば切れもするだろうが、身長差がありすぎて真横には払えないし、何より太い両腕がチェンソーを頭上にかかげている以上、首に横薙ぎの刃は到達しない。

ならば狙うのは一つだけだった。

たきな、腰を落とす。一歩下げて屈めた左足に力を貯める。

大男が間合いに踏み込んだと同時に、たきなは左足で地面を蹴り付けて前へ大きく出ると共に、腰を、腕を、そしてマチェットをありったけの力で回転させるようにして振るった。

向こうもチェンソーを振り下ろしてくるが、その重さ故かあまりに遅い。

マチェットの刃が大男の右膝を捉える。――硬い。喰い込んでいかない。それでもなお、たきなはすれ違いながら力を込めていくのだが……マチェットの刃が砕けてしまう。

バランスを崩し、たきなは地面を転がりながら距離を取る。

ブォンブォンと威嚇するような音を出しながら大男がたきなへと再びむき直すも、思わずというように右膝を突いた。傷口から血。膝関節にダメージは与えられたようだ。

「たきな、逃げるよ！」

千束が声を上げる。ミズキはすでに森の中に向かって全力ダッシュしていた。

「もう一撃与えます！　先に逃げててください！」

マチェットは砕けたとはいえ、まだ三〇センチ弱の刃は残っている。相手がチェンソーを使う限り戦えない事もないはずだった。

何より、この刃渡りであってもうまく叩きつけられれば一発で回転するチェーンを切断できるはずだ。そうすればあとはお互い素手。無論、あらゆる面で向こうがまだ有利だが、膝にダメージを負わせているし、勝機は十分に見える。

「たきな！　あのタイプの殺人鬼は普通にやっても倒せないんだよ！」

「え、そうなんですか⁉」

だから逃げるぞ、と、ミズキが走っていた方へ千束が走り出したので、たきなもやむを得ずそれに続く。大男は追いかけようとするものの、ヨタヨタと歩くばかり。問題にならなかった。

千束とたきなは暗い森の中を走り続けるも、二人はある事を察して徐々にその速度を緩め、最後は立ち止まると辺りを見渡した。

ミズキがいないのだ。サンダル履きのミズキであれば、とっくに追いついていてもいいはずなのだが……。

「はぐれてしまったみたいですね」

暗い森である。ただでさえ方向はわかりにくいし、ミズキが向かった方面に注意して向かったとしても、そこに木々があれば左右に避ける他にない。それが積み重なれば、はぐれてしまうのも致し方なかった。

「一回だけ声出してみるか。……ミズキどこ行ったぁ!?」

千束の声が森に響く。耳を澄ます。……ミズキの応答はない。聞こえているのかもしれないが、反応すると大男にバレると思って警戒しているのかもしれない。

しばしそのまま耳を澄ませて待ってみるが、ダメだ。

仕方ないか、というように千束がため息を吐いた時、車の走行音が聞こえて来る。

千束とたきなは顔を合わせるまでもなくそちらへ走った。

行く先で森が開けている——アスファルトの道、道路だ。そこを車のライトが抜けていく。

ダメだ、間に合わない。

たきな達が道路に出た時には、すでに車ははるか先へ進み、赤いテールライトが小さく見えるだけだった。

「あちゃー……車に乗れればだいたいクリアって感じなんだけどな」

街灯もない田舎の道路。しかし車が行き来している以上どこかの町に通じているはずだ。

車を追いかけるようにして、道に沿って歩いて行く事にした。

「一応また襲撃があった際の対処法でも打ち合わせますか。チェンソーですけど……多分、これでどうにかなるかと思います」

たきなは未だ手に持っていた折れたマチェットを見せる。

チェンソーはその重量を含め、そもそもの造りからして振り回すようにはできていない。いくら膂力のある巨漢であっても動きはどうしても大ぶりになるし、地面や木、石などにその先端部が触れようものならブレードが激しく暴れ回るために扱いはなおさら慎重にならざるを得ない。

実際チェンソーを叩きつけられたとしても怪我はするだろうが、首でもやられない限り即死はしないだろう。その間にチェーンを切断すれば、勝機は見える。

「まぁ、そうだろうねぇ。チェンソーなんて本来武器じゃなくて工具だし。でも、ここが夢の世界ならホラー映画準拠かもしれない」

千束が〝倒せない〟と言ったのもホラー映画的に、インパクトのある殺人鬼キャラはそう簡単には死なないものだから、という事らしい。

単に強いから、という設定以上に、キャラクター人気が出た時に続編ができるように、復活するフラグがないとなかなか倒れてくれないのだという。

「何と言うか……面倒な話ですね。だとしたら逃げた方がいいんでしょうか。確か、生き残るにはファイナルガール以外の方法もあるんですよね？」

……え？　と、千束がビックリしたように立ち止まる。

「いや、あるっちゃあるんだけど……でも、ファイナルガール程には定番化してないっていうか、若干例外的というか……」

何やら千束がモジモジし始めたので、たきなは千束の前に回って彼女の顔を見やる。

「何です？」

「……いや、その……だから、生き残れるのは恋人……カップルなんだよね」

沈黙。

静寂が耳に痛い程だった。

「それはまた、何と言うか……随分と難しい条件ですね……」

「でしょ……？」

千束がモジモジしつつ、ちらりちらりとたきなを見てくる。

この際、細かい事を気にしている場合ではないのかもしれない。けれど、恋人というのは実際問題として、何をしたら恋人だという定義になるのだろう？

結婚と違って契約書類は必要ないはずだ。お互いに「自分達は恋人だ」と宣言すれば恋人認定されるのか？　それともキスの一つでも──。

……何か、変だ。

考えている内に、たきなはある事に気が付いた。

どこか違和感がずっとあった。もちろん夢の世界だからといえばそうなのだが、妙に強い違和感が常時つきまとっていた。原因は目の前の千束だ。

それで、わかった。

「千束、わかりました。これは……ハッ⁉」

たきなと千束の間に何かが飛び込んで来て、思わず二人共に飛びすさる。カラッカラッと乾いた軽い音を立て、アスファルトの上を転がるのは……血に濡れた眼鏡。ミズキのものだ。

そして、それが飛来してきた方……二人が歩いていた道の行く先を見やれば、『ゴキゲン』の仮面を被った大男が仁王立ちしていた。手にはチェンソー。彼はそれを掲げると、エンジンをかけ、唸りを上げた。

足にダメージを負わせていたはず。追いつかれるにしても速すぎる。たきなは困惑していると、千束があちゃーと頭を掻いた。

「やっば！　忘れてた！　殺人鬼はテレポーテーションっぽい事ができる奴も多いんだった！」

「それアリなんですか？」

「正確にはテレポーテーション能力じゃなくて、何でか知らないけれど主人公達を先回りして待ってたりすんの。足遅い奴でも」

「……ホント、都合のいい生き物ですね」

大男がチェンソーを構え、一歩一歩ゆっくりと距離を詰めてくる。距離はまだ二〇メートルはある。逃げようと思えば余裕で逃げられる。だが、もしその逃げた先々でテレポーテーションされてしまえば……。

千束がたきなの手をガっとつかむと、真剣な表情でたきなを間近で見つめて来た。

「千束？」

「たきな、もう覚悟を決めて」

「何のです？」

千束はそれには答えず、大男へと視線を向け、つかんだたきなの手を二人の頭上に掲げた。

「殺人鬼さーん！　聞こえますー⁉　私達……実は付き合ってまーす！」

「いや、あの、千束……」

「ほら、たきなも合わせて！　言って！　せーの、付き合ってまっ……ちょっ、ほら、言えよおー⁉」

「それを言ったとしてアイツが、そうかわかった、じゃ見逃す、ってなるんですか？」

「……いや、それは……厳しいかもしんないけど」

大男の歩みは一切止まらない。どんどん近づいて来る。

ダメか、と手を放すと千束は己の腰に手を当て、ガックシとうなだれる。

「千束、いいですか。一つわかった事があります」

「なんざんしょ？」

「これ、わたしの夢です」

「え？　私のじゃない？　私、こういうの好きだし」

「ええ、そうですね。ですから、多分何らかの方法で千束の影響を受けたわたしの夢なんです。だって……千束があまりにもルールに縛られ過ぎてますから」

たきなが感じていた違和感は、それだった。

千束はもっとわがままで、自由で、好き放題にやる。決まっているからとそれに従う人間じゃない。

殺人鬼に襲われるのを楽しんでいるにしても、千束ならいつまでもやられっぱなしではいないはずだ。クライマックスでの一発逆転の何か……何なら突如として離婚経験のある薄毛のマッチョがヘリで現れ、殺人鬼を半裸で殴り倒すような展開になったっておかしくないのだ。

そうならないのは千束の夢ではないからだ。千束の夢でなければ、誰の夢か？

決められたルールをきっちり守る……喫茶リコリコでそれをするのは、自分――井ノ上たきなだけだった。

「だから、これはわたしの夢です。そしてわたしは、都合の良すぎる殺人鬼のルールが気に入りません」

「いや、あの、そうは言っても、今も迫って来ているし。ブォンブォン言ってるし」

「不死身の殺人鬼なんて存在しません。生きているなら必ず殺せます。形あるなら必ず破壊できるはずです」

「いや、そうかもだけど……でも……え、どうするの？」

「戦って倒すのもいいんですが、面倒なので。さっさと終わらせましょう」

たきなが言うなり、それは起こった。

殺人鬼の背後から強烈な光。さすがにそれには殺人鬼も無視できず、チェンソーを振り上げたまま振り返り……そして、迫り来たコンテナトラックにはね飛ばされたのだった。

殺人鬼がピンポン球のように道路を吹っ飛び、跳ね、そして森の中へと転がっていった。

千束が、顎が外れそうな程に口を開け、目を点にして唖然としていた。

トラックが止まる。リスのマークの配送会社らしい。

「乗ってくか？」

運転席の窓からヨイショというようにして顔を出してきたのは、クルミだ。

「お願いします。……千束、行きましょう」

「いやお前コレ……いろいろダメじゃない⁉　あ、でも、こういう尻切れな終わり方もB級っつぅかC級ホラー映画にありがちといえばありがち……でも、えー、でもなー……」

たきなは折れたマチェットを捨てると、高い位置にあるトラックの助手席を開けて中に乗り込む。そして、千束へと手を伸ばした。

「行きますよ、千束」

あーもうしょうがないなぁ！　と千束は渋々というように、たきなの手をつかんでトラックへと乗り込んだのだった。

コンテナトラックという事もあってか、後部座席はないが、代わりに前席は広く、しかもフラットなシートになっており、三人が並んで座れるようになっていた。

「それじゃ出発するぞー」

トラックが走り出す。クルミの体型でどうやって運転しているのかたきなは疑問だったが、彼女はハンドルを握らずにゲームのコントローラらしきものでトラックを運転していた。尻の下には映画館にあるようなブースタシートで座高を嵩増しし、メーターパネルには『自動運転』の文字。確かにコレなら大丈夫だろう。

千束が「あれ？」と声を出す。

「ひょっとして、今これってルールから外れてないんじゃない？」

「何でです？」

千束がたきなの手を握って、掲げた。

「だってほら、私達、付き合ってまーすってやったし」

確かにそれで条件を満たしているといえば満たしているのかもしれないが、しかしたきなが望んだ通りにトラックも来ている。

何より手を繋いで、付き合っていると口で言うだけでカップルになれるわけもない。

そんな簡単なものではないだろうというのは、たきなにもわか……いや、カップル……？

カップルには確かに恋人二人を指す意味もあるが、本来は〝一対〟や〝一組〟の意味だ。

だとすれば、千束と自分が相棒だとする関係性もまた、ある種のカップルと言えるのではないだろうか。

ならば、コンビを組んでいる自分達は初めからカップルで生存条件を満たしていた……？

だとすれば、これは必ずしも自分の夢ではなく、たまたまそういう展開だっただけ……？

「ま、もうどうでもいいですよ。何か疲れましたし」

たきなは千束に言うように、それでいて実際には自分に向けてそう言った。

やけに体がベタついていた。走り回ったせいという以上に、暖房でも入っているのか、何だか暑い気がする。喉も渇いていた。

千束は釈然としていなかったが、たきなはもう気にしなかった。

とりあえず殺人鬼を退け、生還したのだ。だから、もう、細かい事はどうでもいい。

たきなはシートの背もたれに体重を預け、瞼を閉じる。

思っている以上に疲れているのか、シートへ沈み込んでいくようだ。

もう、千束の手を放すのすら億劫だった。

体が重くなっていく。

意識がおぼろげになっていく。

それでもなお、千束の手の感触だけは、いつまでたっても明確で、薄れる事なく、その温かさをたきなは感じていた。

●

ふと、目を開けば……暗闇だった。しかし、目は天井を捉える。見覚えのある天井だ。

ここはどこだったか。たきなはそれを思い出そうとするも、寝起きのせいか、頭に靄がかかっているかのようで、何も出てこない。

目だけで辺りを見渡せば、何となくそこがどこかわかってくる。

「……和室？」

喫茶リコリコの奥にある和室である。カーテンの隙間から日差しがある……朝だろうか。

ボンヤリしていると、いきなり女性の叫び声。しかし実際のそれではない。窓から視線を反対に向ければ、そこにはタブレットが立てられており、チェンソーを持った不気味な男に血まみれの女が逃げ惑っている映像が流れていた。

――あぁ、それで……。

記憶は曖昧なのに、不思議とたきなは何かを納得した気持ちになった。

何やら厄介な夢を見ていたような気がするが、思い出せない。

昨日、咳を発端に熱まで出始めた際に、お返しとばかりに千束に和室に連れ込まれて寝かしつけられた後は、ちょっとした出動を挟んだものの……彼女に映画を見せられ、その解説を延々と聞かされていたような記憶だけはうっすらと残っている。

「……千束？」

たきなは寝たまま頭の方へ伸ばしている自分の手に、何やらぬくもりがある事に気が付いた。

寝たまま見上げてみれば……寝息を立てている千束がいた。

どうやら、タブレットを二人で見るために、お互いの頭頂部を突き合わせるようにして布団をもう一つ敷いて横になっているらしい。

そして、お互いに掲げた手が重なっていたのだが、これは偶然なのか、それとも何か意図があったのかはわからない。ただ、これは夢と同じ……。

夢……？　どんな夢だっただろう？　思い出せなかった。

千束と手を放し、体を起こす。酷い寝汗だった。喉が渇いている。

枕元を見やれば、空のスポーツドリンクと、まだ未開封の『ゴキゲン』のジュース缶があったので、これを開けて飲んだ。常温の乳性炭酸飲料は甘さが強烈だ……。

「あれ？　起きてる？」

気配を感じたのか、ミズキが部屋に入ってきた。彼女がすでに店の制服に着替えているとこ

ろを見ると、時刻は朝というよりオープン時間である昼前に近いのかもしれない。

「かぁー、もうちらかしちゃって、もうもうもう……。どこが〝たきなの看病はお任せあれ～♪〟よ。結局自分が楽しみたかっただけじゃないの」

千束の事を言っているのだろう。彼女の寝顔は確かに半笑い。楽しい夢を見ているのだろう。

「あの、すみません、すっかり寝込んでしまったようで」

「あぁ、いいのいいの。病人は寝てなさい」

「汗もたくさんかきまして、すっかり治りました」

「油断大敵。……ほい、これ差し入れ、桃缶」

まだ千束の分がそのまま残っているはずだが……。たきなは大人しく受け取り、礼を述べた。

「あと、昨日、常連客からまたバカみたいに見舞い品来たから、後で持ってくるわ」

「……わたしに、ですか？」

「他に誰がいんのよ」

「……千束、とか」

「もうこのバカ治ってんでしょ。全部アンタによ、たきな」

――心配してもらえるのってさ……嬉しいよ？

千束が言った言葉の意味が、何となくわかった気がする。その理解にはむずがゆさが伴っていた。

「まぁ、今日はもういいから、もう少しゆっくりしてなさい」

「ありがとうございます。とりあえず、着替え……いえ、シャワー浴びますね。ちょっとベタつきが酷くて」

「そう？　湯冷めしないようにね。それじゃ……あ」

和室から出ようとしていたミズキがピタリと立ち止まり、振り返った。

「……ちょっと待って。そこのバカヅラして寝てるヤツって、昨日風呂入ってる？」

「知りませんけど……え？」

少なくとも千束は自分が看病していた日の夜は入っていない。

まさか、二日間風呂に入らずに……？

たきなとミズキの間に、妙な緊張感が走った。

たきなは恐る恐る、寝息を立てる千束の髪に鼻を近づけていく。

鼻先を半ば千束の髪の中に差し入れるようにして、スンスン、と匂いを嗅ぐ。

「あ、入ってますね。いい匂いです」

ホッとした空気が和室を満たした。

あとがき

どうも皆さん、アサウラです。こんにちは！

この度は『リコリス・リコイル　Recovery days』のお買い上げ、そして、ここまでお読みいただきまして、まことにありがとうございます。

本作はウェブサイト『リコリス・リコイル公式note』にて連載した作品に、さらに書き下ろしを加えたものになります。

本来ならそれの広告的なものとかＱＲコードとかを載せるべきなんでしょうが、いろいろあってうまく載せられませんでしたので、興味をお持ちいただけましたら『リコリス・リコイル公式note』で検索、または【https://note.com/lyco_reco】をご覧いただけましたらと思います。

当初の予定としましては、noteの方でアレやコレやな短編を書き連ね、その中から特定テーマに沿ったものをチョイスしてまとめ、それを本とする……という今からすると夢のような淡い構想があったものの、諸般の事情でnoteのスタートが遅れるも、本の発売は三月確定、という感じで、ははーん、これは前回と同じパターンだな？　という見通しが割と早い段階でつきましてね。まぁ、見通しというか、嫌な予感というか、試練の気配というか……えぇ、はい。

『リコリス・リコイル Ordinary days』でもそうでしたが、この作品、いろんな意味で常にギリギリです。皆さん、応援、よろしくお願いいたします。

まぁ、noteでの連載はまだ続けられるようなので、徐々に当初の構想通りになっていくと……いいな……って思います。

さて、それでは、そろそろ謝辞の方をば。

何をおきましても、まず、私以上にギリギリの戦いを強いられた……というか、恐らく今こうしている間もあらゆるところから常時引っ張りだこで修羅場の中にいるであろう、イラストを描いてくださった、いみぎむる大先生。今回もグレイトなイラストです！　素晴らしい！

そして、アニメを制作をした関係スタッフの皆様、公式noteの関係者の方々、本を出すに当たり（主にスケジュール的な面で）無茶してくださった出版関係の皆々様、まことにありがとうございました！

リコリス・リコイルは本作やコミック、そして、すでに発表されておりますように、現在新作アニメーションも鋭意制作中です。

もろもろあわせて楽しんでいただけましたら幸いです。

ではでは、今後もまたお会いできる事を期待しつつ、この辺で。それではまた！

アサウラ

■ポストクレジットシーン『そして、また』

本編が終わり、スタッフロールも流れきった劇場に照明が戻る。

防音されて耳に蓋をされたようなそこに、普段なら聞こえる事のない人々が立ち上がる衣擦れの音や足音、空になったポップコーンや紙コップの中で氷が躍る軽やかな音……。

映画の世界から現実の世界……その一歩手前の世界だと、井ノ上たきなは思った。

千束がそそくさとポップコーンやドリンクの容器を持って立ち上がると、座席に忘れ物がないかをチェック。

一列後方に座っていたミカ、クルミ、ミズキもまた席を立ち、移動を開始した。

たきなもその劇場内から出ると、途端に喧噪が返ってくる。空の容器はこちらに、というスタッフの声。人々もまるでスイッチが入ったように喋り出したり、トイレに駆けて行く者も少なくない。

「結構スタッフロールを最後まで見る人が多いんですね。……何で見るんです？」

隣を歩いていた千束が、一瞬ピクッとして、腕を組むと俯いた。

「またキミはそうやって、難しい質問を……」

「そうなんですか？」

「まぁ私は最後まで見る派だけど……一番の目的としては、余韻に浸るって感じ？　スタッフロールの曲だって制作側がきちんと用意したものだし、作品世界を壊すようなものじゃないから、あぁ良かったなぁ、面白かったなぁ、って感じで噛みしめられる。あとは、いい仕事をした俳優やスタッフをチェックしてたり」

「そんな事してるんですか」

「いやまぁ、そこまでガッツリってわけじゃなくて、ボーッと見てるだけだけど。あ、でも、たまにちょい役で、結構有名な俳優がいたりすると〝マジか〟って発見があったりするか。アレは楽しい。あとは……ポストクレジットシーンがあったらもうガッツポーズ」

さすがに聞き馴染みのないワードが出てきた。後ろを歩んでいたクルミが言葉を差し込み、解説してくれる。最後のおまけ映像だ、と。

ポストクレジットシーンはスタッフロール後のおまけ。続編への含みを持たせる映像だったり、急にメタ的になって観客に〝終わりだ、帰りな〟と言ってきたり、何の意味もない主人公達のどうでもいい映像だったり……はたまた、中にはその作品の重大な情報をそこでぶっ込んできたりもするのだという。

「今の作品にはなかったですけど、そうなると残念だなって感じになるんですか」

「うんにゃ、それはそれ。あれば嬉しい、なくたっていい。っていうかない方が普通。でも、もしかしたらあるかもしれないって思うと、やっぱ期待はしてるかな」

何だか難しい話だという気がする。ただ、きちんとお金を払っている以上、作品をきっちり味わうならスタッフロールを最後まで見た方がいいような気は、たきなにもした。

劇場を出て、エレベーター前に来ると「さて」と千束はたきな達へ振り返った。

「各自、映画のチケットはなくしていないな!?」

劇場の入場券だろう。半分に切ったりするタイプではなく、プリントアウトされた紙である。

「この手のショッピングモールにはよくあるように、映画のチケットがあればお得なサービスが受けられる！　オススメは地下のゲームコーナー！　クレーンゲームが一回無料！　二〇〇円の筐体もいける！」

その言葉にはさすがのたきなも、思わず反応してしまう。

「それは……かなりお得なのでは!?」

千束がまるで我が事のようにドヤる。

「お得です。とてもお得なのです！」

獲れればねー、とミズキが半笑いで言った。

「奇しくもここに五人もいる……五回やれればヌイグルミは結構獲れるもんよ。あと二〇〇円のヤツは割と取りやすい。ちなみに他のお店でも結構使えるから、パンフレットかサイトを見てね。ガチれば相当にお得だから」

「アタシとしてはさっさとどこかで一杯やりたい気分ね」

「ボクは何か甘いものが食べたいな。食事でもいいけど」

「確かここの最上階にはスパがあったな。私はそっちかな。サウナのロウリュは一度経験してみたかった」

「えーみんなバラバラぁ？」

千束が不満げな声を出す。千束としては折角一緒なのだからとみんなで回りたかったのだろう。

「仕方ないでしょ、人それぞれ。だいたいここのスパなんて男性専用じゃない」

千束の頭をポンポンとミズキが撫でるように叩く。

たきなが声を張る。

「いえ、だとしても最初は全員でゲームセンターに行きましょう。解散するにしても、それからで。行かないのはもちろん損ですが、バラバラに行くのも損です。賞品ゲットの確率が落ちます」

いいねー、と千束が笑顔で同意し、エレベーターのボタンを押す。

「それじゃ喫茶リコリコ、出撃だ！」

「ね？　タブレットやパソコンで見るのもいいけど、映画館で見る映画ってのも結構オツなもんだったっしょ？」

　食事を終えるなり、千束(ちさと)はそんな事を訊いてきた。

「まぁ、映画自体は正直微妙でしたけどね」

「結構頑張ってただろー」

「この場合〝頑張ってた〟は褒め言葉じゃないですよ。血の量やゴア表現も過剰で……まぁ、殺人鬼の造形は悪くなかったですけど」

「それだけで見る価値アリ」

「否定はしません。ですが、事前情報を仕入れ、その上できちんと見るべきか否(いな)かを選ぶべきです」

「そこは、ほら、当たるも八卦(はっけ)当たらぬも八卦(はっけ)って言葉もあるしさー」

「お金と時間を無駄にするようなものです」

「じゃあ次はたきなが選んでよ」

「ええ、そうしま——」

──何だ？

たきなは正面に座る千束を見つめながら、大きな違和感を覚えた。

食後のリンゴジュースを飲む千束の表情は……したり顔。何故彼女はそんな顔をする？　千束の映画のチョイスを否定したのに、どうして……あぁ、そういう事か。

たきなはようやく、今、自分がハメられている事に気が付いた。

当たり前のように、また、映画館に行く話になっているのだ。

映画が始まる前にも似たような会話はした。

けれど今ので、たきな主導で映画館に行くという話になってしまった。

偶然ではない。明らかに千束にハメられた、のせられた。

そして、千束は今、たきながそれに気づいた事に、気づいている。

だからこその、したり顔だった。

「憮然とすんなよぉ～。綺麗な顔がかわいくなっちゃってるぞぅ？」

千束のしたり顔は、ニヤニヤ顔へ。

喫茶リコリコメンバー全員でゲームセンターへ行って盛り上がり、どうしてもと千束が言うのでゲームセンターの近くにあったカフェでコーヒーと共に全員で映画の感想会をして、そしてミズキは一階のクラフトビールが飲める店へ、ミカは最上階のスパへ、クルミは三階でパンケーキを食べに行き、自分と千束は四階にあるオシャレ雑貨ショップ内にあるカフェにて食事をした……。

映画の内容がちょっと微妙だったとしても、チケットの割引サービスの有無に関係なく、何だかんだと今日という日を楽しんでいる。

それは間違いなかった。

だから、嫌じゃなかった。

それが、ちょっと悔しい。

フッと、千束が急に優しげな微笑みを浮かべる。

「まぁ、無理にとは言わないよ。たきな次第でいいからさ。でも、もしまた行こうかなってなったら――」

「ま、また行きますよ。本編前の予告で、面白そうなのがあったじゃないですか。アレとか……もちろん、もう少し情報が出たら、それを調べてから決めますけど」

「じゃ、期待できそうだったら教えて。そうしたら、また、一緒に行こうね」

ニッコリと、千束が笑う。

普段なら子供のような、ひまわりのような笑顔のはずなのに、今の千束は何だかそれらとは違う。

彼女にはそういう時がたまにある。

今のような千束の笑顔を見ていると、一つ先輩だとか史上最強のリコリスだとか以上に、上の人間——大人に見え、そして同時に自分は随分と子供に思えてくるのだ。

何だか気恥ずかしくなって、たきなは視線を逸らすと共に、膝上に載せていた喫茶リコリコ総力の結晶であるゲットしたての大きなペンギンのヌイグルミに顎を載せるようにして、顔の半分ほどを埋める。

「……はい。また、一緒に」

たきなは絞り出すように、それだけ言った。

◉アサウラ著作リスト

「小説が書けないアイツに書かせる方法」（電撃文庫）
「リコリス・リコイル　Ordinary days」（同）
「リコリス・リコイル　Recovery days」（同）

本書に対するご意見、ご感想をお寄せください。

ファンレターあて先
〒102-8177　東京都千代田区富士見2-13-3
電撃文庫編集部
「アサウラ先生」係
「いみぎむる先生」係

『そして、幕が開く』『セイフティ・ワーク』『Cough』『One's duties』／リコリス・リコイル公式note
(https://note.com/lyco_reco/)
文庫収録にあたり、加筆、修正しています。
第二話『Dog』、第五話『Common occurrence』、ポストクレジットシーン『そして、また』は書き下ろしです。

電撃文庫

リコリス・リコイル
Recovery days

アサウラ

2024年３月10日　初版発行

発行者　山下直久
発行　株式会社KADOKAWA
〒102-8177　東京都千代田区富士見2-13-3
0570-002-301（ナビダイヤル）
装丁者　荻窪裕司（META＋MANIERA）
印刷　株式会社暁印刷
製本　株式会社暁印刷

●お問い合わせ
https://www.kadokawa.co.jp/（「お問い合わせ」へお進みください）
※内容によっては、お答えできない場合があります。
※サポートは日本国内のみとさせていただきます。
※Japanese text only

※定価はカバーに表示してあります。

ISBN978-4-04-915554-9　C0193　Printed in Japan

電撃文庫　https://dengekibunko.jp/